그만 벌고 편히 살기

그만 벌고 편히 살기

발행일   2022년 3월 24일

지은이   김영권
펴낸이   손형국
펴낸곳   (주)북랩
편집인   선일영   편집   정두철, 배진용, 김현아, 박준, 장하영
디자인   이현수, 김민하, 허지혜, 안유경   제작   박기성, 황동현, 구성우, 권태련
마케팅   김회란, 박진관
출판등록 2004. 12. 1(제2012-000051호)
주소   서울특별시 금천구 가산디지털 1로 168, 우림라이온스밸리 B동 B113~114호, C동 B101호
홈페이지 www.book.co.kr
전화번호 (02)2026-5777   팩스   (02)2026-5747

ISBN   979-11-6836-223-9 03810 (종이책)   979-11-6836-224-6 05810 (전자책)

(주)북랩 성공출판의 파트너
북랩 홈페이지와 패밀리 사이트에서 다양한 출판 솔루션을 만나 보세요!
홈페이지 book.co.kr • 블로그 blog.naver.com/essaybook • 출판문의 book@book.co.kr

작가 연락처 문의 ▸ ask.book.co.kr
작가 연락처는 개인정보이므로 북랩에서 알려드릴 수 없습니다.

지금의 삶에 **100퍼센트**
만족하는 방법

그만
벌고

김영권 지음

편히
살기

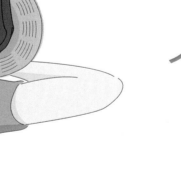

당신의 행복을 지금 당장 선언하라!
늘 곁에 있었지만 누리지 못했던, '행복' 사용법

북랩

그만 벌기
10년의 행복 여행

그만 벌기로 결심하고 산골로 온 지 10년이 다 됐습니다.

처음에는 조금 두렵기도 했지요. 하지만 살아 보니 별 탈 없이 잘 살아지더군요. 나는 내 인생의 50대를 애써 버는 일 없이 내 식으로 잘 살았고, 앞으로도 그럴 수 있을 것 같습니다. 그만 벌기로 결심한 다음부터가 내 인생의 황금기입니다.

그만 벌겠다는 결심! 사실은 버는 게 버거워서 그랬습니다. 어쩌자고 자꾸 벌려고만 하는지 허무해서 그랬습니다. 벌다가 인생 종칠 것 같아서 그랬습니다. 그래서 마음먹었지요. 그만 벌자. 그만 벌고 살자!

그만 벌고 살기! 그것은 지금 가진 것 안에서 기꺼이 맞춰 사는 겁니다. 얼마를 가졌는지는 중요하지 않습니다. 얼마를 가졌든 늘 지금 이만큼이면 됐다고 여기며 사는 겁니다. 그렇게 맞추고 여기면서 살다 보니 알겠더군요. 언제나 지금 가진 것만으로 충분하다는 것을. 정말 그렇다는 것을 절절히 깨달으면 인생의 모든 문제가 끝난다는 것을.

누구나 처음에는 지금 가진 것이 모자라지 않을까 두렵겠지요. 쥐꼬리만 한 것으로 어떻게 평생을 꾸려 나갈 수 있을지 겁날 겁니다. 그러다가 어떤 계기로 용기를 냅니다. 그래 한번 살아 보자! 그래서 살아지면 힘이 납니다. 힘이 날수록 긍정하고, 긍정할수록 여유롭습니다. 여유로울수록 넉넉하고, 넉넉할수록 넘칩니다. 넘칠수록 감사하고, 감사할수록 행복합니다.

그래서 지금 가진 것에 기꺼이 맞춰 살겠다는 결심은 내 삶의 행로를 180도 뒤집는 매우 중대한 회심입니다. 그것은 삶과의 투쟁을 멈추는 종전 선언입니다. 내 삶과 화합하는 평화 선언입니다. 설레는 삶을 누리는 행복 선언입니다. 지금 가진 것에 감사하는 사람은 도저히 삶과 다툴 수 없습니다. 지금 가진 것만으로 넉넉하고 좋은데 무슨 빌미로 어떻게 다투나요?

지금 이 순간이 유일한 현실이라고 하지요. 과연 그렇다는 걸 인정하나요? 인정한다면 지금 가진 것이 언제나 전부라는 사실도 받아들여야 합니다. 가졌던 것, 갖고 싶은 것, 가지려는 것! 이 모든 것은 기억이고 생각이고 욕망이고, 결국 이야기입니다. 이런 이야기를 믿고 기억과 생각과 욕망에 매달릴 때 나는 지금 이 순간의 현실에서 벗어나 언제나 전부인 '지금 가진 것'을 놓칩니다.

오늘부터 하루에 한 가지씩 내가 가진 것을 잃는다고 해 보시죠. 그래도 나는 언제나 전부를 가진 겁니다. 오늘 잃은 것은 어제 가졌던 것일 뿐 지금 가진 것에 속하지 않습니다. 어제 가진 것을 떠올리는 건 머릿속의 기억이고, 잃어버린 것에 매달리는 건 마음속의 이야기일 뿐입니다.

내 삶이 이 정도로 초연할 만큼 깊어지진 못했지만 지금 가진 것에 감사하는 방향으로 나아가고 있는 건 틀림없습니다. 그리고 그것은 분명 그만 벌기로 결심한 것에서 출발했습니다. 지금 가진 것에 기꺼이 맞춰 살겠다는 다짐에서 비롯됐습니다. 늘 지금 이만큼이면 됐다고 여기는 마음에서 시작됐습니다. 돌이켜 보니 그것이 나의 위대한 행복 선언이었습니다.

지금 이 순간 살아 숨 쉬는 것이 벅차고 기쁘다면 마침내 나는 최고의 경지에 이른 것이겠지요. 설령 내가 가진 것을 다 잃어도 나는 살아 숨 쉬고 있을 것이기 때문입니다. 고동치는 생명의 숨만큼은 평생 나와 함께할 것이기 때문입니다. 벅차게 살아 숨 쉬는 이런 기뿜으로 나아가는 행복 여행을 부디 뒤로 미루지 마시길.

이 책은 그런 여행에 대한 나의 기록입니다. 언제나 지금 가진 것으로 충분하다는 삶의 비의를 어렴풋이 눈치챈 자의 초대장입니다. 당신 또한 지금 전부를 갖고 있다는 걸 실감하는 데 이 글이 한 줄이라도 도움이 되기를 바랍니다.

2022년 3월

개울하늘 태평家에서

차 례

Part 01 내 인생의 뺄셈

Part 02 가볍게 가볍게 더 가볍게

Part 03 모든 덧셈은 덧없다

내 인생의 뺄셈

숨은
행복
찾기

그대 행복한가요?

행복을 찾느라 힘겨운가요?

인생은 '숨은 행복 찾기' 같은 거지요. 그 행복을 찾는 방법은 크게 두 가지입니다. 하나는 행복이란 것을 찾고 또 찾는 겁니다. 또 하나는 행복이 아닌 것을 하나씩 둘씩 걸어 내는 겁니다.

나는 두 번째 방법을 쓰기로 했습니다. 행복이 아닌 것을 하나씩 둘씩 걸어 내기로 했습니다. 그러면서 깨달았습니다. 행복을 찾는 데는 오직 이 방법밖에 없다는 것을. 더하기 말고 빼기가 유일한 정답이라는 것을.

나도 처음에는 첫 번째 방법을 썼습니다. 행복이란 것을 찾고 또 찾았습니다. 때론 행복 같은 것을 찾아서 손에 쥐기도 했습니다. 하지만 아니었습니다. 짝퉁이었습니다. 나는 잠깐 속았습니다. 그렇게 속고 또 속으면서 살았습니다. 아! 나는 행복하지 않습니다. 행복은 도대체 어디에 있는 건가요?

이렇게 막막할 때 두 번째 방법을 쓸 수 있습니다. 행복이 아닌 것을 걸어 내는 거지요. 이 방법은 쉽습니다. 당장 확인해 보시지요. 꼭꼭 숨은 행복과 그 행복을 숨기는 나머지 것들! 이 두 가지 가운데 무엇이 더 찾기 쉽나요? 앞의 것이 더 쉽다고요? 그렇다면 더 물을 것도 없습니다. 그런 분은 이 글을 읽지 않으셔도 됩니다.

두 번째 방법은 쉬울 뿐 아니라 확실합니다. 행복이 아닌 것을 걸어 낼수록 행복한 것만 남습니다. 그렇지 않을 수가 없습니다. 행복을 숨긴 것을 다 걸어 냈는데 행복이 어디에 어떻게 자기를 숨기겠습니까?

그렇게 행복이 아닌 것을 걸어 내면서 10여 년을 살았습니다. 꼭 하고 싶은 일과 꼭 해야 할 일만 하려 했습니다. 그 밖의 일은 걸어 내고 걸어 내고 걸어 내려고 했습니다. 그래서 행복을 찾았냐구요?

글쎄요. 아직도 걸어 낼 것들이 많아서 장담하지 못하겠군요. 하지만 나는 행복이란 것을 찾고 또 찾느라 힘겨웠던 때보다 훨씬 행복합니다. 이제는 행복하지 않은 것이 많지 않습니다. 해가 떠서 좋고 달이 기울어서 좋습니다. 비가 내려서 좋고 바람이 불어서 좋습니다. 잎새가 돋아나서 좋고 낙엽이 뒹굴어서 좋습니다. 꽃이 피어서 좋고 꽃눈이 날려서 좋습니다.

행복이란 결국 마음의 상태지요. 눈에 보이지 않는 것이지요. 그런데 다들 눈에 보이는 것에서 행복을 찾고 또 찾습니다. 그렇게 해서 행복을 찾았다는 분을 저는 아직 보지 못했습니다. 행복은 눈에 보이는 것에 매달리는 욕심들을 걷어 내고 걷어 내고 걷어 낸 자리입니다. 행복하지 않은 것들을 다 걷어 낸 텅 빈 자리에 차오르는 기쁨 같은 것, 사랑 같은 것, 평화 같은 것입니다.

이쯤 되면 세상에 행복하지 않은 것이 어디 있을까요? 텅 빈 내 마음이 행복의 바다로 물결치는데 그것에 잠기지 않는 것이 어디 있을까요? 여기서 '숨은 행복 찾기'는 끝날 겁니다. 나는 모든 행복을 다 찾은 거지요.

'텅 빈 충만!' 말로는 모순입니다. 그렇습니다. 행복은 논리가 아닙니다. 논리 너머입니다. 행복이 아닌 것을 다 걷어 냈더니 텅 빈 마음이 온통 행복으로 물들어 원래 행복이 아닌 것은 하나도 없다는 이 놀라운 모순! 더하는 게 아니라 덜어야만 모든 것을 얻을 수 있는 희한한 거꾸로 게임! 빼기의 도道!

읽고
쓰고
걷고

1.

읽고 쓰고 걷고, 읽고 쓰고 걷고….

하루하루 이러고 삽니다. 주로 아침에 쓰고, 저녁에 걷고, 그 밖에는 읽습니다. 내 삶은 복잡하지 않습니다. 산골에 와서 꼭 하고 싶은 일만 남겼더니 결국은 '읽고 쓰고 걷기'입니다. 이 세 가지만 남고 나머지 일들은 떨어져 나갑니다. 나의 일상은 읽고 쓰고 걷는 삼박자로 돌아갑니다. 다른 일들이 무시로 끼어들지만 기본 리듬이 있으니까 변박도 즐겁습니다.

나에게서 가장 먼저 떨어져 나간 일은 텃밭입니다. 아래 마당에 열 평 남짓한 텃밭이 있습니다. 여기에 상추도 심고, 오이, 고추, 가지, 토마토도 심고, 감자와 땅콩도 심고 기릅니다. 하지만 이 일은 일찌감치 동생 손에 넘어갔습니다.

"시골에서 텃밭도 가꾸고 참 좋으시겠어요?"

누군가 이렇게 물으면 나는 엉거주춤합니다. 그게 참, 내가 씨 뿌리고, 물 주고, 잡초 뽑으면서 가꾼 밭이 아니라서. 그렇다고 텃밭 일이 싫은 건 아닙니다. 읽고 쓰고 걷는 게 더 좋을 뿐이지요.

다음으로 떨어져 나간 일은 서울 가는 마실입니다. 때로는 복작이는 도시 분위기가 그리워서 이런저런 약속을 엮기도 했지만 지금은 거의 무릅니다. 그만큼 복잡하게 엮이는 인간관계가 줄고 이해관계가 걷힙니다. 나는 잊힌 사람이 되어 혼자서 놉니다. 조용조용 가만가만 잘 놉니다.

마당 일도 많이 줄었습니다. 잔디를 깔고 군데군데 나무를 심었더니 마땅히 더 심을 자리가 없습니다. 이제 나무는 스스로 자랍니다. 꽃들은 스스로 핍니다. 잡초는 대충 뽑습니다. 웃자라 나에게 들킨 애들만 뽑힙니다. 마당 아래 비탈은 풀과 넝쿨이 무성하게 엉켜 손볼 때를 놓쳤습니다. 어쩌나요. 쟤들은 쟤들대로 한 철 즐기다 가겠지요. 내 눈엔 이 정도면 됐습니다. 사실 된서리 한 방이면 끝장나더군요.

하지만 다른 분들 눈에는 영 아닌가 봅니다. 이웃집들은 확실히 다릅니다. 갓 이발한 듯 잔디가 가지런하고 울긋불긋 꽃들이 모여 있습니다. 잡초는 어디 갔나? 집주인은 오늘도 '풀과의 전쟁'에 여념이 없습니다. 전면적인 총력전입니다. 그래서 즐거우면 좋으련만 표정은 영 아닌 듯싶습니다. 주인은 오늘도 잡초를 노려보며 하소연합니다.

> "저놈의 잡초 땜에 내가 죽어."
> "죽으면 안 되죠."
> "그러면 어떡해?"
> "뽑으면 잡초도 죽고 나도 죽고, 안 뽑으면 잡초도 살고 나도
> 살죠."
> "…"

그러니까 나는 우리 마을에서 가장 게으릅니다. 손꼽히는 한량입니다. 위험한 백수입니다. 나만 노는 게 아니라 이웃까지 물들이려 하지요. 길지 않은 인생인데 잡초 따위에 몸을 놀리지 맙시다. 마음 없는 일에 마음 들볶지 맙시다. 꼭 하고 싶은 일만 하면서 신나게 삽시다. 더 늙기 전에 많이 놉시다. 대충 이런 얘기로 유혹을 하는데 애석하게도 효과가 없습니다. 아직까지 물든 분이 없습니다. 다들 너무 부지런하고, 너무 일이 많습니다.

2.

누구나 언제나 무슨 일을 합니다. 나 또한 언제나 무슨 일을 합니

다. 그것이 주로 '읽거나 쓰거나 걷거나'지요. 이 일은 내가 좋아하는 놀이입니다. 나를 즐기는 노래입니다. 나를 펼치는 춤입니다. 나에겐 읽고 쓰고 걷기가 1순위입니다. 다른 일은 2순위, 3순위입니다.

읽고 쓸 때는 머리가 일을 합니다. 기운이 위로 오르지요. 걸을 때는 몸이 일을 합니다. 기운이 아래로 내려갑니다. 이로써 머리와 몸은 균형을 맞춥니다. 한참 읽고 쓰면 몸이 걷자고 합니다. 한참 걸으면 머리가 읽고 쓰자고 합니다. 나는 이 리듬이 좋습니다. 머리와 몸이 어울려 돌아가는 삼박자가 즐겁습니다. 왈츠처럼 하나 둘 셋, 하나 둘 셋!

당신은 어떤가요? 밤낮으로 일에 쫓기는 분에게 묻습니다.

"그 일 안 하면 안 돼요?"

"안 돼."

"안 하면 어떻게 돼요?"

"할 일이 없어."

"할 일이 없으면 좋잖아요."

"그럼 심심해서 못 살아."

"그럼 좋아하는 일을 하시죠."

"그게 뭔데?"

이분은 은퇴를 했는데도 아주 바쁩니다. 일이 마냥 좋은 것도 아닌데 일에 매달립니다. 돈이 전혀 없는 것도 아닌데 돈에 집착합니다. 어떻게든 일거리를 찾아 돈을 벌려고 합니다. 이분에게 일 없는 삶은 무의미합니다. 지루하고 무료해서 견딜 수 없습니다. 은퇴 전이라고 달랐을까요? 직장은 좋아서 다니는 게 아닙니다. 일은 재미로 하는 게 아닙니다. 내키지 않는 일에 시달리고 집에 와서 퍼집니다. TV를 켜고 뒹굽니다. 집사람은 잔소리만 합니다. 아들은 컴퓨터만 두드립니다. 딸은 스마트폰만 만지작거립니다.

아버지와 어머니는 하고 싶은 일을 하지 않고, 아들과 딸은 하고 싶은 공부를 하지 않습니다. 그래서 받는 스트레스를 시시한 오락으로 풉니다. 영화 보고, 쇼핑하고, 수다 떨고, 먹고, 마시고, 꾸미고… 어쨌든 심심할 틈이 없습니다. 내 안의 나를 살필 겨를도 없습니다.

지금껏 나는 이러고 산 게 아닐까? 시답잖은 일에 마음 쓰면서 휩쓸려 다닌 게 아닐까? 단 한 번도 내 안의 바다에 잠기지 못한 채, 넓고 푸른 바다에서 자유롭지 못한 채, 깊고 고요한 바다에서 평화롭지 못한 채, 철썩이는 파도처럼 출렁이면서, 밀고 밀치고 부대끼고 아우성치고 부서지면서.

누구나 언제나 무슨 일을 한다고 다 똑같은 건 아닙니다. 나와 일의 관계에 따라 일의 질이 달라집니다. 삶의 향기가 바뀝니다. 같은 일이라도 내 안에서 우러나면 놀이입니다. 노래입니다. 춤입니다. 나를 드러내는 예술입니다. 나를 이루는 성취입니다. 그렇지 않으면 짐입니다. 숙제입니다. 전투입니다. 나를 옥죄는 억압입니다. 당신은 어떤가요? 당신의 일은 어느 쪽인가요?

3.

일과 나의 관계는 크게 네 가지입니다.

1. 나에게 좋고 남에게도 좋은 일
2. 나에게 좋은데 남에게는 안 좋은 일
3. 나에게 안 좋지만 남에게는 좋은 일
4. 나에게 안 좋고 남에게도 안 좋은 일

나에게 좋고 남에게도 좋은 일이라면 최고지요. 더 말할 나위 없습니다. 지금처럼 계속하면 됩니다. 그는 자기 삶에 만족할 겁니다. 다른 삶을 원치 않을 겁니다. 삶에 어떤 문제도 제기하지 않을 겁니다. 그는 진짜로 행복한 사람입니다. 반대로 나에게 안 좋고 남에게도 안 좋은 일이라면 최악입니다. 주저할 것 없습니다. 얼른 일을 멈춰야 합니다. ASAP As Soon As Possible! 그래야 나도 살고 남도 삽니다.

나머지 두 경우는 반쪽만 좋습니다. 나에게 좋은데 남에게는 안 좋거나 나에게 안 좋지만 남에게는 좋은 일. 당신은 어떤가요? 남들이야 어찌 되든 나 좋으면 그만인가요? 죽도록 남 좋은 일만 하고 있나요? 이런 경우도 헷갈릴 것 없습니다. 어느 쪽이든 일과 나의 관계가 잘못됐습니다. 나는 어긋난 일에서 빠져나오는 출구 전략을 가동해야 합니다. 나에게 좋고 남에게도 좋은 일을 찾는 입구 전략을 짜야 합니다.

솔직히 나는 그런 경우도 아니었습니다. 20년 넘게 경제부 기자를 했지만 그 일은 나에게 안 맞고 세상에도 안 좋았습니다. 나는 성공과 성장 신화만 떠들었습니다. 더 빌고 더 갖고 더 쓰는 일만 부추겼습니다. 자본 권력에 머리를 조아리며 허튼 기사를 팔았습니다. 기자라고 다 그렇지는 않지요. 하지만 나는 그랬습니다. 그랬음을 고백합니다. 나는 세상에 좋은 기운을 더하지 않았습니다. 요즘 기성 언론이 하는 짓들이 대개 이렇지 않나요.

내 일이 이렇다는 걸 저리게 깨달았을 때 나는 멈추고 돌아섰습니다. 도시를 떠나 산골로 왔습니다. 귀촌은 나의 출구 전략이자 입구 전략이었습니다. 누구든 일을 할수록 세상에 폐가 된다면 차라리 그 일을 멈추는 게 낫습니다. 그게 세상을 위하는 일입니다. 적어도 폐를 끼치지는 않으니까요.

일과 나의 관계를 바로잡는 과정에서 내 삶은 단순해졌습니다. 꼭 하고 싶은 일과 꼭 해야 할 일만 남았습니다. 읽고 쓰고 걷는 일은 내가 꼭 하고 싶은 일입니다. 이 일은 나에게 좋습니다. 세상에 폐를 끼치지 않습니다. 이제 이 일이 남에게도 좋기를 바랍니다. 내 안에 기쁨이 넘쳐 이웃으로 흐르기를 소망합니다.

진짜로 가난한 삶은 엉뚱한 곳에 쏟아붓는 삶입니다. 쓸데없는 일에 귀한 시간과 에너지를 낭비하는 삶입니다. 의미 없는 일에 평생을 던지는 삶입니다. 가슴의 일에 투자하지 않는 삶은 모두 빈곤합니다. 그런 삶이라면 아무리 화려해 보여도 속이 텅 빈 실패한 삶입니다. 복잡하고 지루하고 허무한 삶입니다. 애만 쓰고 누린 게 없는 고비용 저효율 인생입니다. 내 인생 저무는 황혼 녘에 그걸 깨달으면 어쩌나요? 종점에 이르러 아차 하면 돌이킬 수도 없는데 그때 후회하면 너무 허망하지 않을까요?

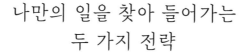

나만의 일을 찾아 들어가는
두 가지 전략

내가 '원하지 않는 일'의 수렁에서 빠져나오는 출구 전략을 어떻게 짰는지에 대해서는 다른 책에서 썼습니다. 저마다 사정이 다르고 성향도 다르니 전략 또한 다를 수밖에 없겠지요. 화끈한 분은 단숨에 끊고 돌아서는 과감한 전략을 짜고, 소심한 분은 돌다리도 두드리듯 주도면밀한 전략을 짤 겁니다.

어떤 경우든 핵심은 전략이지요. 나에게 맞는 방법을 찾아서 실행에 옮기는 겁니다. 앉은 자리에서 꿈쩍 않고 세상 타령만 하면 아무것도 바뀌지 않습니다. 구시렁댈수록 수렁만 깊어집니다. 그러니 원하지 않는 일의 함정에 빠진 그대, 부디 당신만을 위한 당신만의 출구 전략을 짜시길!

원하지 않는 일에서 빠져나오면 원하는 일로 들어갈 수 있습니다. 그렇다면 나는 어떤 일을 원하는가? 어떤 일이 설레는 나의 노래이고 나의 춤인가? 사실 나는 그게 분명치 않았습니다. 원하지 않는 일에서 가까스로 빠져나오기는 했는데 정작 원하는 일이 확실치 않았습니다. 평생 남의 기대와 시선에 기대어 살았으니 어찌 보면 당연합니다. 내가 나를 알 리 없지요.

이럴 때 입구 전략이 필요합니다. 원하는 일을 찾아 들어가는 길잡이가 필요합니다. 입구 전략도 출구 전략만큼 중요하지요. 제대로 짜서 굳세게 실행해야 합니다. 아니면 원하지 않는 일의 중력이 뒷덜미를 잡지요. 원하지 않는 일의 관성이 또다시 나를 익숙한 수렁으로 내몹니다. 나는 자유의 무게가 버거워 스스로 옛 수렁을 찾습니다. 자유의 맛은 자유를 감당할 수 있는 자만이 누릴 수 있기에.

나의 입구 전략은 '빼기'였습니다. 이에 대해서도 여러 번 얘기했지만 조금 더 설명하겠습니다. 원하는 일을 찾는 방법은 크게 두 가지입니다. 하나는 더하기. 하고 싶은 일을 다 해 보는 거지요. 마음에 당기는 일을 마음대로 건드리고 두드리고 맛보는 겁니다. 그러다 보면 알지요. 내 존재와 공명하는 일을 내가 모르고 지나칠리 없습니다. 이제 그 일이 나를 선택합니다. 운명처럼 나를 사로잡습니다. 나는 피할 수 없습니다. 거부할 수 없습니다.

학교 교육이 이래야 합니다. 우리는 아들과 딸을 이렇게 가르쳐야 합니다. 똑같은 공부를 똑같이 시키고, 성적이란 하나의 잣대로 일류 이류 삼류를 가르고 재단해서, 공장에서 찍어 내듯 똑같은 학생들을 대량 생산해선 안 됩니다. 교실은 야생화 꽃밭 같아야 합니다. 아들과 딸은 그런 교실에서 자유롭게 피어나야 합니다. 저마다 강산의 들꽃처럼 형형색색 어우러져야 합니다. 하고 싶은 일을 마음대로 해 보며 자기만의 꽃씨를 틔워야 합니다. 저 들판에 아름답지 않은 꽃은 없습니다. 똑같이 생긴 꽃도 없습니다. 일류와 이류와 삼류도 없습니다.

더하기가 아들과 딸을 위한 방법이라면 빼기는 아버지와 어머니를 위한 방법입니다. 더하기가 하고 싶은 일을 다 해 보는 방식이라면 빼기는 하고 싶지 않은 일을 다 걷어 내는 방식이지요. 아버지와 어머니는 이미 원하지 않은 일의 수렁에 깊이 빠져 있기 때문에 더하기보다 빼기가 유효합니다. 나는 더더욱 그랬습니다. 한 달 살림을 120만 원 밑으로 빠듯하게 묶었기 때문에 이 일 저 일 마음대로 손댈 수 없었습니다. 그러니 어쩌나요. 이 일도 빼고 저 일도 빼면서 살 수밖에. 뺄수록 욕심도 줄고, 씀씀이도 주니 얼마나 좋은가요.

나의 빼기에는 분명한 원칙이 있었습니다. 꼭 하고 싶은 일과 꼭 해야 할 일만 할 것! 그 밖의 일은 절대 하지 말 것!

1. 꼭 하고 싶은 일만 할 것

그러니까 할까 말까 망설여지는 일은 모두 안 합니다. 왜?

그런 일은 꼭 하고 싶은 일이 아니니까.

2. 꼭 해야 할 일만 할 것

그러니까 해도 그만 안 해도 그만인 일은 모두 안 합니다.

왜? 그런 일은 꼭 해야 할 일이 아니니까.

이렇게 다 빼고 남은 일이 나에게는 '읽고 쓰고 걷기'입니다. 그러니까 이 일은 뺄 수 없는 일이지요. 빼도 빼도 빠지지 않는 일이지요. 잡다한 일들의 소란과 소음이 잦아드니 그게 분명해집니다. 마침내 나는 내 안의 소리를 듣습니다. 읽고 쓰고 걷기! 이 일이 진짜 내가 원하는 일입니다. 내 존재와 공명하는 일입니다. 내 영혼이 원하고, 내 가슴이 시키는 나만의 일입니다.

단순한 삶과
단조로운 삶

　언젠가 '단순한 삶'을 주제로 이야기하는 한 TV 프로그램에 나갔더니 어떤 분이 "단순한 삶은 단조로운 삶"이라고 딴지를 겁니다. 마치 군대에 간 것처럼 단순해져서 단조롭게 사는 게 뭐가 좋으냐는 거지요. 그렇다면 내 삶은 단조로운가? 군대에 간 것처럼?

　글쎄, 종일 읽거나 쓰거나 걷거나 하니 남들 보기에 단조로울지 모르겠습니다. 하지만 나는 그렇지 않습니다. 좋아하는 일을 하는데 심심할 사람은 없지요. 나는 날마다 읽고 쓰고 걷는 3박자 단순 리듬이 좋습니다. 그것은 나를 꽃피우는 일이자 놀이입니다. 내 경험에 비추어 단순한 삶과 단조로운 삶은 완전히 다릅니다.

　이 자리에 나온 또 다른 분은 몹시 분주한 여자 변호사인데 이분 역시 자기는 왜 단순하게 살아야 하는지 모르겠다고 합니다. 이

분이 공개한 최근 한 달 스케줄은 하루를 5분 단위로 쪼개 써야 할 정도로 빡빡합니다. 대신 토요일과 일요일은 텅 비었더군요. 이때는 모든 걸 잊고 캠핑을 즐기는데 자기는 이렇게 사는 게 너무 재밌고 신난다고 합니다.

이런 분이라면 굳이 삶을 단순화할 필요가 없겠지요. 이분은 능력자입니다. 일이면 일, 놀이면 놀이! 그는 일에서 오는 성취와 놀이에서 오는 즐거움을 다 누립니다. 이분처럼 능력과 활력이 넘치면 얼마나 좋을까요.

하지만 나는 아닙니다. 나는 일과 놀이를 똑 부러지게 나눌 수 없었습니다. 일에 치여 놀 틈, 쉴 틈이 없었습니다. 일 또한 신나게 할 수 없었지요. 그 일은 진정 내 가슴이 원하는 일이 아니었기에. 욕심 사납게 에고를 부풀리는 욕망의 길이었기에.

그러니까 단순한 삶이든 분주한 삶이든 중요한 것은 진정 내가 하고 싶은 일을 하느냐 마느냐입니다. 좋아하는 일을 만끽하며 산다면 그게 남들 보기에 하품이 나든, 정신이 사납든 무슨 상관인가요.

그런데도 사람들이 자꾸 '단순한 삶'을 외치는 것은 사는 게 너무 복잡해졌기 때문입니다. 다들 마음 없는 일에 코 박고 왜 사는지 모르게 살고 있기 때문입니다. 쓸데없는 일들이 덕지덕지 달라붙어 몸과 마음을 옥죄고 있기 때문입니다. 일과 나의 관계가 잘못되어 삶이 심각한 비만증에 걸렸기 때문입니다.

이런 경우라면 누구든 삶의 다이어트가 필요합니다. 서둘러 불요불급不要不急한 일을 걷어 내고 복잡다단한 일을 간추려야 합니다. 비대한 일 더미에 짓눌린 숨 막히는 상황을 누그러뜨려야 합니다. 그 다음에는 일과 나의 관계를 재정립해야 합니다. 좋아하고 잘하는 일을 중심으로 삶을 재정렬해야 합니다.

그렇지 않으면 단순해진 삶을 감당하지 못합니다. 그에게는 단순한 삶이 곧 단조로운 삶일 수밖에 없기에. 삶은 이제 못 견디게 지루해집니다. 마치 군대에 간 것처럼! 이런 게 바로 일 중독을 멈춘 금단 증세 아닐까요. 그는 또다시 일을 부여잡고 버거운 삶을 반복할 겁니다. 결국 죽도록 일할 시간만 있고 자유와 여유를 즐길 시간은 하나도 없게 되는 거지요. 이런 게 바로 삶의 비만증을 자초하는 요요 현상 아닐까요.

내 삶의
잔고

🍀

죽을 때 가져가지 못하는 재산이 내 삶의 잔고겠지요. 이 마지막 잔고를 얼마로 하고 싶은가요? 크게 세 가지 방법이 있습니다.

하나, 잔고를 늘린다. 죽을 때까지 더 벌고 덜 쓴다.

둘, 잔고를 지킨다. 죽을 때까지 딱 버는 만큼 쓴다.

셋, 잔고를 줄인다. 죽을 때까지 덜 벌고 더 쓴다.

당신은 어느 쪽인가요? 잔고를 늘리는 쪽이라면 당신은 수완이 좋은 장사꾼이거나 구두쇠겠지요. 아니면 억세게 운이 좋거나 복이 많은 사람일 겁니다. 잔고를 지키는 쪽이라면 당신은 머리가 아주 좋거나 많이 굴리는 사람이겠군요. 잔고를 줄이는 쪽이라면 당신은 능력이 달리거나 용감한 사람이 아닐까요.

나는 잔고를 줄이는 쪽입니다. 능력이 달리거나 용감하지요. 나도 처음에는 잔고를 늘리려 했습니다. 그게 매우 어렵다는 것을 알았을 때 잔고를 지키는 쪽으로 바꿨고, 그것도 매우 어렵다는 것을 알았을 때 잔고를 줄이는 쪽으로 돌아섰습니다. 그리고 깨달았지요. 기왕 줄일 거면 왕창 줄이는 게 좋다는 걸. 그게 가장 쉽고 편하고 즐거운 길이라는 걸. 잔고의 양과 욕망의 양이 같다는 걸.

내가 원하는 마지막 잔고는 '0'입니다. 죽는 날 내 통장에 찍히는 숫자가 '0'이었으면 합니다. 내 계획대로라면 그리될 것입니다. 이승을 떠날 때 내 통장에는 한 푼도 남지 않을 겁니다. 남보다 일찍 벌이를 내려놓고 집도 팔아서 유동화하기로 했으니 내 삶의 잔고는 지속적으로 줄어들게 되어 있습니다. 어느 유행가 가사처럼 인생이란 빈손으로 왔다가 빈손으로 가는 나그네 길이려니!

누가 뭐래도 나는 잔고를 늘려야겠다구요? 그렇다면 그렇게 하시지요. 불타는 욕망의 화신이 되시지요. 그게 아니라면 잔고를 지키는 쪽보다 줄이는 쪽이 현명할 겁니다.

누구든 나이 들어 은퇴하면 벌이가 줄어듭니다. 그런데도 잔고를 지키려고 아등바등 사는 분들이 많지요. 한 푼이라도 더 벌려고 이일 저 일 손을 대다가 낭패를 보는 분들도 있습니다. 내키지 않는 일을 움켜쥐고 아득바득 사는 분들도 적지 않습니다. 이런 분들이 신세 한탄을 하지요. 내가 왜 이러고 사나? 누구 덕을 보려고 이러나? 무슨 영화를 바라고 이러나?

은퇴해서 물러났으면 그 순간부터 삶의 잔고를 줄여 가는 게 당연합니다. 그러니까 공연히 돈과 일에 꺼둘려 귀하게 남은 시간 허비하지 마십시오. 인생 종반전에 안간힘을 쓰다가 기진맥진하면 만회할 틈도 없습니다. 기왕 잔고를 줄이기로 했다면 확 줄이는 게 좋습니다. 죽을 때 많이 남겨 봐야 뭐 합니까. 하나도 남김없이 아낌없이 쓰고 가는 게 최고입니다. 그러지 못하고 찌질하게 미적거리면 인생 종 칩니다. 답은 안 나오고 골치만 아픕니다.

삶의 잔고는 높이면 높일수록 어렵습니다. 반대로 낮추면 낮출수록 쉽습니다. 낮추기가 어렵게 느껴진다면 그건 어려운 게 아니라 용기가 부족한 거지요. 돈에 대한 욕심과 일에 대한 미련을 단칼에 끊어 내는 용기가 없는 겁니다. 여태 그래 왔듯 내일 내일 하면서 매일매일 걱정하고 방비하느라 오늘을 누리지 못하는 겁니다. 그렇게 애지중지 삶의 잔고를 지키고 불린 듯 무슨 소용인가요? 죽는 날까지 나의 오늘은 단 한 번도 채워진 적이 없을 텐데.

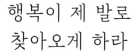

행복이 제 발로
찾아오게 하라

"행복을 구질구질하게 쫓아다니지 마라.

행복이 제 발로 찾아오게 하라.

그 비밀은 단순한 삶의 방식에 있다." [1]

장석주 시인이 이렇게 말합니다. 공감! 나도 행복과 '밀당' 할 때 이런 방법을 쓰곤 하지요. 예컨대 배고플 때까지 안 먹기. 속을 비우면 먹는 행복이 제 발로 찾아옵니다. 맛있는 거 찾아다니느라 너무 애쓸 거 없습니다. 배고프면 뭐든 맛있지요.

같은 이치로 목마를 때까지 안 마시기. 산책이든, 산행이든 한나절 걷는 정도라면 굳이 마실 것을 챙기지 않습니다. 슬슬 목이 말라 오면 행복도 목이 마른 거지요. 막걸리 한 잔이 아른거리면 행복은 애가 타는 거지요. 그럼 됐습니다. 내가 이겼습니다. 이제 행복이 제 발로 찾아와 물도 달라 하고 술도 달라 할 겁니다. 흠, 나도 자존심이 있지. 행복을 구질구질하게 쫓아다닐 순 없지.

행복의 꽁무니를 쫓으면 바쁘고 고단합니다. 행복이 제 발로 찾아와 안기면 바쁠 것도 없고 고단할 것도 없습니다. 그냥 가만히 있으면 됩니다. 그냥 가만히 있는 데 행복의 비밀이 있습니다.

도미니크 로로는 "허기지지 않을 때 먹는 건 언제나 과식"이라고 하지요. 배고프지 않은데 먹는 건 구질구질하게 행복을 쫓아다니는 것도 아닙니다. 행복을 앞마당에서 내치는 겁니다. 배도 안 고픈데 먹으면 먹는 행복이 까마득히 달아납니다. 배가 잔뜩 부른데 먹으면 행복이 짓눌려 숨 막힙니다.

당신은 어떤가요? 배도 안 고픈데 먹고, 배가 부른데도 먹으면서 도대체 밥맛이 없다고 투덜대는 건 아닌가요? 고질적인 만성 과식에 행복 불감증이 도드라진 건 아닌가요? 끝없는 탐식과 폭식에 불평 불만 불행이 고도 비만 수준으로 부풀어 오른 건 아닌가요?

장석주 시인은 "복잡한 삶은 불행에 취약하다"며 "버리고 비운 뒤 자유를 누리라"고 당부합니다. "최소 규모의 삶에 최대의 행복이 깃들기를 갈망하라"고 합니다. "번잡한 욕망을 낳는 마음을 떠받들지 말고 마음을 굶기라"고 합니다. 시인의 말대로 "행복은 작고 조촐한 기쁨으로 채워진 마음에 날개를 접고 내려앉을 것"이므로.

같은 말을 『월든』의 헨리 데이비드 소로는 이렇게 하지요.

"단순화하고 단순화하라. 하루 세 끼 식사를 할 게 아니라 필

요할 때 한 끼만 먹도록 하라. 백 가지 요리를 다섯 가지로 줄

이라. 나머지 일들 역시 같은 비율로 줄이라." [2]

이 말을 내 식으로 바꾸면 '덜 벌고 더 살기'입니다. 나아가 '그만 벌고 편히 살기'입니다. 덜 벌고 더 살기! 그만 벌고 편히 살기! 이게 내 삶의 모토입니다.

지금 가진 걸
사랑하면 행복하다

✤

"행복해지기는 어렵지 않아요. 가진 걸 사랑하면 돼요."

아흔 살 아우구스티노 수녀가 서른 살 청년 존 쉴림에게 이렇게 말합니다. 아우구스티노 수녀는 세인트메리라는 작은 마을의 성당 수녀원에서 도자기 공방을 합니다. 명문 하버드대학교를 나온 존 쉴림은 고향으로 돌아와 교직을 얻고 책도 내려고 하는데 좀체 풀리지 않지요. 갈피를 잡지 못하는 그에게 아우구스티노 수녀가 넌지시 건네는 말! "지금 가진 걸 사랑하세요. 그러면 행복합니다."

나는 어떤가? 그만 벌기로 결심하고 산골로 왔으니 더 벌고 더 가지려는 욕심은 많이 내려놓았습니다. 더 뛰어오르고 더 떨치려는 욕망도 얼추 접었습니다. 그리고 나는 편안합니다. 가볍습니다. 행복합니다. 더 내려놓고 더 접으면 더 행복하겠지요.

그만 벌기로 결심했다는 것은 지금 가진 것 안에서 소박하게 살
겠다는 뜻입니다. 가진 것을 불리고 쟁이려고 아득바득하지 않겠다
는 뜻입니다. 사실은 이런 말도 조심스럽지요. 나는 이미 많은 것을
가졌기에. 이만큼 가진 것도 때로는 부끄럽고 미안하기에.

지금 가진 것을 사랑하면 행복합니다. 원하는 것을 갖고 있으니
불행할 수 없습니다. 반대로 지금 갖지 않은 것을 사랑하면 행복할
수 없습니다. 원하는 것을 갖지 못했으니 불행합니다. 행복은 어려
운 게 아닙니다. 지금 가진 것을 사랑할지, 갖지 않은 것을 사랑할
지 둘 중 하나를 고르는 아주 단순한 문제입니다. 당신은 어느 쪽
인가요?

품에 있는 것을 품는 게 품에 없는 것을 품으려는 것보다 당연히
쉽습니다. 아우구스티노 수녀는 "복잡함과 혼돈에 대해 말할 때 자
신이 그것들을 지고 있다"며 "소박함이란 절대 너무 깊이 생각해서
는 안 되는 것"이라고 합니다. 스스로 진 짐을 그냥 내려놓으면 끝!
더 이상 복잡할 것도 헷갈릴 것도 없는 거지요.

> "겹겹이 쌓인 복잡한 문제나 혼란은 내면에서부터, 그리고 온
> 갖 방향에서 우리를 괴롭히죠. 벗어나는 방법은 이 문제를 한
> 겹씩 내려놓는 거예요. 씻어 내고 창문을 여는 거죠. 빛과 신
> 선한 공기를 들이는 거랍니다." [3]

그렇습니다. 행복은 어렵고 복잡하게 풀 문제가 아닙니다. 그것은

품에 없는 것을 품으려는 마음의 짐을 털썩 내려놓으면 되는 일입니다. 지금 나에게 없는 것만 탐하는 욕망의 때를 씻어 낸 자리에 드는 햇살과 바람 같은 것입니다. 그 맑은 햇살과 바람의 선물에 어찌 행복하지 않으리요.

여백의
예술

목사 시인 정원은 말합니다.

삶을 살아갈수록

종이 속의 글씨보다

빈 여백의 자리가 좋다.

붙어 있는 글들이 답답하다.

써 있는 글들 속에서 지혜를 느끼지만

비워진 여백 속에서

안식을, 은총을 경험한다. [4]

그렇습니다. 나는 글에 매달려 글을 드러내는 여백을 놓치곤 합니다. 여백에 숨은 안식과 은총을 잊곤 합니다. 삶은 얼마나 미묘한가요. 아무리 좋아하는 일이라도 여백을 두지 않으면 갑갑해집니다. 그것은 빈틈없는 그림과 같습니다. 쉼표 없는 노래와 같습니다.

일본의 평화·환경운동가이자 화가인 가주카이 다나하시. 그는 "선 하나를 그을 때조차 우리는 아무것도 숨길 수 없다"고 합니다. "어떤 선을 그리든지 그리는 자신이 다 담겨 있다"고 합니다. 나는 선에 있습니다. 동시에 그 선이 드러낸 여백에도 있습니다. 선이 그어지면 그 뒤의 여백 또한 드러나기에 나는 숨을 곳이 없습니다. 다나하시는 말합니다.

> "우리는 여백을 창조할 수 없다. 다만 여백이 살아나도록 해 줄 뿐이다. 여백이란 우리들 자신의 내적인 힘이 표현된 것이다."[5]

그림은 선(有)의 창조인 동시에 여백(無)의 드러냄입니다. 산을 그리면 그 위에 텅 빈 하늘 또한 열리기 마련입니다. 위대한 조각가는 조각할 나무나 돌에서 이미 형상을 본다고 하지요. 형상은 벌써 그 안에 들어 있습니다. 그가 할 일은 나무나 돌에서 불필요한 부분을 깎아 내는 것입니다. 그는 여백을 통해 온전한 형상을 드러냅니다.

그래서 노자는 "있는 것이 이로움(利)이 되는 것은 없는 것(無)이 작용하기 때문"이라고 하지요. 장자는 "쓸모 없는 것의 가치를 알지 못한다면 쓸모 있는 것에 대해서도 말할 수 없다"고 하지요.

나에게는 읽고 쓰고 걷는 것이 '쓸모 있는 것'입니다. '이로움이 되는 것'입니다. 나는 읽고 쓰고 걸으면서 삶이란 캔버스에 선을 긋습니다. 그림을 그립니다. 그와 함께 내 안의 여백도 드러납니다. 나는 한 줄의 글에서도 나를 숨길 수 없습니다. 그 한 줄의 글 또한 내 삶의 여백을 드러내니까요. 그러니까 책을 한 장 읽고, 글을 한 줄 쓰고, 걸음을 한 발 내딛는 나의 순간순간은 얼마나 의미심장한가요. 얼마나 결정적인가요.

'원하지 않는 일'에 매달려 곤하게 살 때는 몰랐습니다. 그때는 삶 전체가 지루하고 허전해서 '삶의 예술'이란 것을 눈치챌 수 없었습니다. 나는 지루함을 감추기 위해 화려하게 그렸습니다. 허전함을 메우기 위해 빽빽하게 그렸습니다. 남들이 보기에 그럴듯했는지 모르겠습니다. 그렇다 한들 무슨 소용 있나요? 그것은 진짜가 아니었습니다. 나는 지루하고 허전한 캔버스에 눈요깃감을 그렸을 뿐입니다. 영혼이 빠진 가짜 그림! 나는 행복하지 않았습니다.

그러나 지금 그림은 다릅니다. 이 그림은 내가 좋아서 그리는 나만의 그림입니다. 내 삶은 지루하지 않습니다. 허전하지 않습니다. 내 삶의 캔버스는 설레는 기쁨입니다. 잔잔한 평화입니다. 그러니 내 그림엔 여백이 중요합니다. 읽고 쓰고 걸으면서 비로소 나는 깨닫습니다.

아무리 좋아하는 일도 비워서 완성하는 경지가 있다는 것을. 읽고 쓰고 걷는 일조차 내려놓고 기쁠 수 있다는 것을. 애쓰는 마음을 내려놓는 무심의 일획이 전부를 말할 수 있다는 것을. 내가 꼭 하고 싶은 일을 '빼기'를 통해 발견했듯이 삶을 그리는 예술 또한 '비우기'가 핵심이라는 것을.

착着하지 마,
심플!

"착著하면 안 돼!"

젊어서 한때 서울대 미대에서 그림을 가르쳤던 화가 장욱진 (1917~1990)이 교실에서 하던 말, "착하지 마!" 당시 이 말을 들은 제자 이남규는 헷갈립니다. '착하지 말라고? 어질고 착한 사람은 그림을 못 그린다는 말인가?'

그게 아니라 그림에서도 집착이 가장 금물이라는 뜻임을 나중에 알았다고 하지요.

장욱진은 학생들이 정신없이 화면에 매달리는 모습을 보면 손을 끌고 나가서 술이나 마시자고 했다고 합니다. 그리곤 술 자리에서 하던 말, "나는 심플하다!"

심플! 그것은 평생 장욱진의 삶과 그림을 관통하는 모토였지요. 그의 삶은 심플했습니다. 일할 때는 그리고, 쉴 때는 마시고. 그리고 마시고 그리고 마시고, 심플! 그의 그림도 아주 심플하지요. 선도 심플, 모양도 심플, 색깔도 심플, 크기도 심플! 착하지 않으니 복잡할 게 하나도 없었나 봅니다. 심플!

그가 얼마나 술을 좋아했는지 한번 가늠해 보시죠. 술 때문에 몸이 상한 그가 보약을 지으러 갔을 때입니다.

> "내 술 좀 먹게 약 좀 지어 주세요."
> "선생은 술 취하면 종로 대로를 횡보한다는 좋지 않은 소문이 있습니다."
> "내 술은 내 그림보다 낫습니다."
> "내 약을 제대로 먹으면 술뿐 아니라 여자를 좋아하게 되니 조심스럽습니다."
> "술이 여자보다 좋지요." [6]

사실은 나도 요즘 심플합니다. 읽고 쓰고 걷고, 읽고 쓰고 걷고! 장욱진은 그리고 마시고 그리고 마시고, 심플! 나는 읽고 쓰고 걷고 읽고 쓰고 걷고, 심플! 같은 심플인데 장욱진이 훨씬 멋있습니다. 더구나 그의 그림은 너무너무 좋습니다.

부러운 마음에 조금 심란해지는군요. 그래도 할 수 없지, 뭐. 착하지 마! 심플! 장욱진은 장욱진이고 나는 나. 장욱진은 그리고 마시고 그리고 마시고, 심플! 나는 읽고 쓰고 걷고 읽고 쓰고 걷고, 심플!

나의
쿼렌시아

앞으로는 바다입니다. 에메랄드빛 바다입니다. 마당을 질러 돌계단을 내려가면 반달 모양의 은밀한 해안이 열립니다. 살랑대는 그 바다에 풍덩 뛰어들고 싶군요. 지는 해를 바라보며 우두커니 황금빛 노을에 잠기고 싶군요. 뒤로는 언덕입니다. 푸른 언덕입니다. 그 언덕 너머로 오솔길이 구불구불 이어집니다. 언제든 그 길로 마음껏 거닐 수 있습니다.

집은 원통 모양에 원뿔 지붕입니다. 천장이 높은 시원한 복층 구조지요. 둥근 곡면을 따라 긴 띠처럼 창이 나 있습니다. 오른쪽과 왼쪽 벽면은 통째로 책장입니다. 큼직한 스피커도 양편에 놓여 있군요. 원형의 넓은 거실은 훤히 비어 자유롭습니다. 바다 쪽으로 널찍한 책상이 있고, 적당한 자리에 편한 의자와 테이블도 있습니다.

여기는 나의 아지트입니다. 하루에도 몇 번씩 드나드는 나만의 안식처지요. 나만 알고 나만 들락이는 비밀스런 공간을 이렇게 만들었습니다. 지금 당장 눈을 감으면 불이 탁 켜지듯 머릿속에서 환하게 그 집이 나타납니다. 그야말로 눈 깜짝할 사이에 당도하는 거지요. 나는 그곳에서 바다를 바라보고, 노을에 젖고, 산책을 하고, 책을 읽고, 음악을 듣습니다. 고단한 몸을 누이고, 번다한 시름을 내려놓고, 어수선한 감정들을 보듬습니다. 몸과 마음을 북돋아 에너지를 충전합니다. 이 아지트의 이름은 '퀘렌시아 태평'입니다.

투우장의 황소가 전의를 가다듬는 곳을 스페인 말로 '퀘렌시아 querencia'라고 한다지요. 퀘렌시아는 황소만 아는 그만의 안식처입니다. 투우사와 겨루던 황소는 틈틈이 그곳으로 가서 거친 숨을 고르며 쉽니다. 그 잠깐 사이에 기운을 차리고 힘을 모아 다시 내달립니다. 그런 곳이 없으면 생사가 달린 그 살벌한 싸움터에서 황소는 미쳐 버릴 겁니다. 돌아 버릴 겁니다.

제 산골집은 '태평家'입니다. 심심산골 태평가에서 태평하게 「태평歌」를 부르며 살겠다는 뜻으로 애초부터 이렇게 지었지요. 이 '태평가'가 물리적인 차원의 나의 집이라면 '퀘렌시아 태평'은 환상적인 차원의 나의 집입니다. 마음이 울적해서 「태평가」를 부를 수 없을 때 나는 퀘렌시아 태평으로 갑니다. 그뿐인가요. 화날 때도 가고, 분할 때도 갑니다. 심란할 때도 가고, 낙심천만落心千萬일 때도 갑니다. 눈을 감으면 탁 켜지는 그 집으로 가서 숨을 고르며 쉽니다. 그 잠깐 사이에 기운을 차리고 힘을 모읍니다.

안타깝지만 이 환상적인 집에 당신을 초대할 수 없군요. 하지만 당신도 당신만의 퀘렌시아를 가질 수 있습니다. 지금 당장 눈을 감고 머릿속에 꿈같은 집을 지어 보시죠. 퀘렌시아 태평보다 더 멋지고 환상적인 당신만의 아지트를 만들어 보시지요. 그리고 그 집에 문턱이 닳도록 들락여 보시지요. 눈만 감으면 탁 켜지는 나만의 안식처에 언제든 눈 깜짝할 사이에 갈 수 있다는 것, 그것은 얼마나 설레는 기쁨인가요? 얼마나 든든한 위로인가요?

퀘렌시아는 내 안에도 있고, 내 밖에도 있습니다. 내 안의 퀘렌시아는 내가 내 머릿속에 직접 지어야 합니다. 내 밖의 퀘렌시아는 투우장의 황소처럼 나 스스로 발견해야 합니다. 체로키 인디언들은 저마다 숲속 어딘가에 자기만의 비밀 장소를 갖고 있다고 하지요. 그곳은 누가 찾아 주거나 지정해 주는 자리가 아닙니다. 그곳은 나하고만 주파수가 맞는 곳이어서 오로지 나만 발견할 수 있습니다. 왠지 그곳에만 가면 마음이 놓이고, 기운이 나고, 위로받는 느낌이 든다면 그곳이 나의 퀘렌시아입니다. 체로키들은 저마다 그런 비밀스런 공간에서 어머니 대지의 품에 안기고 위대한 정령과 소통하나 봅니다.

나에게도 그런 곳이 두어 군데 있습니다. 하나는 뒷산 어귀 늙은 물푸레나무가 서 있는 자리입니다. 어쩐지 신령스런 기운이 감도는 곳이지요. 또 하나는 집 앞 개울이 산자락을 감아 돌면서 여울지는 곳입니다. 아주 고요하고 평화로운 곳이지요. 저녁 산책을 할 때마다 그곳에서 저절로 멈추게 됩니다. 잠시 숨을 고르고 쉬게 됩니다. 그와 함께 편해지고 환해지고 개운해지지요.

　나의 퀘렌시아는 이렇게 완성되었습니다. 물론 당신도 그럴 수 있습니다. 당신만의 퀘렌시아를 안에서 짓고, 밖에서 찾아 아주 멋지게 완성할 수 있습니다. 그것은 얼마나 설레는 기쁨인가요? 얼마나 든든한 위로인가요?

가볍게 가볍게 더 가볍게

행복값을 구하는
두 가지 공식

인因 × 연緣 = 과果

성취 ÷ 욕망 = 행복

여기 행복값을 구하는 두 가지 공식이 있습니다. 하나는 곱하기, 또 하나는 나누기지요. 둘 다 지극한 행복을 헤아리기 위한 삶의 수학입니다. 하나씩 볼까요.

❶ 인 × 연 = 과

인因과 연緣이 만나면 그 열매가 나옵니다. 아주 당연한 인연법이지요. 여기서 '인'은 내 마음이고 '연'은 주변 여건입니다. 인은 주관적인 요인이고 연은 객관적인 상황입니다. 그런데 이 둘의 만남은 곱하기지요. 더하기가 아닙니다. 과는 '인 × 연'입니다. '인 + 연'이 아닙니다. 인연법의 수학은 곱하기! 예를 들어 보지요.

> 1) 나의 경제적 상황이 주는 스트레스가 100이고 이를 받아들이는 마음가짐이 100이다.
>
>   그렇다면 나의 고통은? 100 × 100 = 10,000
>
> 2) 나의 경제적 상황이 주는 스트레스가 200이고 이를 받아들이는 마음가짐이 10이다.
>
>   그렇다면 나의 고통은? 200 × 10 = 2,000

누구에게나 그렇듯 나에게 주어진 현실은 녹록지 않습니다. 나를 둘러싸고 변하는 외부적 상황은 주무르기 어렵습니다. 그러나 나의 현실과 상황을 받아들이는 태도는 언제나 내 마음입니다. 나의 경제적 상황이 주는 스트레스가 1,000이 되어도 이를 받아들이는 마음가짐이 0.1이라면 나의 고통은 100으로 떨어집니다. 심지어 나의 경제적 상황이 주는 스트레스가 10,000, 100,000으로 뛰어도 이를 받아들이는 마음가짐이 0이라면 나의 고통은 0입니다. 나는 일체의 마음을 넘어선 거지요. 어떤 인연법의 그물에도 걸리지 않는 자유의 바람이 된 거지요.

그러니까 현실과 상황을 바꾸려고 너무 애쓰지 마세요. 현실과 상황을 받아들이는 내 태도를 바꾸세요. 그게 훨씬 쉽고 편하게 스트레스를 푸는 길입니다. '연'을 붙잡고 골머리를 썩느니 '인'을 내려놓고 평안할 것! 인연법의 수학은 나에게 그것을 가르칩니다.

❷ 성취 ÷ 욕망 = 행복

행복은 성취를 욕망으로 나눈 값입니다. 여기서 욕망은 내 마음이고 성취는 내 성과입니다. 욕망은 주관적인 요인이고 성취는 객관적인 상황입니다. 그런데 이 둘의 만남은 나누기지요. 곱하기가 아닙니다. 행복은 '성취 ÷ 욕망'입니다. '성취 - 욕망'이 아닙니다. 성취와 욕망의 행복 함수는 나누기! 예를 들어 보지요.

> 1) 나의 성취가 100이고 이를 탐하는 나의 욕망이 10이다.
>
>   그렇다면 나의 행복은? 100 ÷ 10 = 10
> 2) 나의 성취가 200이고 이를 탐하는 나의 욕망이 100이다.
>
>   그렇다면 나의 행복은? 200 ÷ 100 = 2

누구에게나 그렇듯 나에게 성취는 녹록지 않습니다. 돈을 버는 일도, 자리를 높이는 일도, 이름을 날리는 일도 눈물 나게 어렵습니다. 그러나 성취를 탐하는 욕망은 언제나 내 마음에 달렸습니다. 나의 성취가 1,000이 되어도 이를 탐하는 마음이 10,000이라면 나의 행복은 0.1밖에 안 됩니다. 나의 성취가 10으로, 1로, 0.1로 쪼그라들어도 이를 탐하는 마음이 0이라면 나의 행복은 무한대입니다. 나는 일체의 마음을 넘어선 거지요. 어떤 욕망에도 매이지 않는 지극한 행복이 된 거지요.

그러니까 성취를 더하려고 너무 애쓰지 마세요. 성취를 탐하는 내 욕망을 줄이세요. 그게 훨씬 쉽고 편하게 행복에 이르는 길입니다. 성취를 붙잡고 골머리를 썩느니 욕망을 내려놓고 행복할 것! 성취와 욕망의 행복 함수는 나에게 그것을 가르칩니다.

삶을 대하는
세 가지 태도

🍀

살다 보니 삶을 대하는 세 가지 태도가 있습니다.

하나, 삶은 지옥이다. 전투다. 사르트르가 말했지요. "타인은 지옥이다!" 이 정도가 아닙니다. 사는 게 모조리 지옥입니다. 고통의 바다입니다. 너 죽고 나 사는 전쟁터입니다. 피 말리는 아수라장입니다. 살 떨리는 도박판입니다.

너도나도 돈다발에 영혼을 겁니다. 나는 저 돈을 따야 합니다. 저 판을 쓸어야 합니다. 얼른 한몫 챙겨야 합니다. 하지만 그럴 수 없습니다. 승리는 결국 가진 자의 것! 돈 많은 자가 돈을 땁니다. 판돈이 승패를 결정합니다. 돈이 돈을 부르는 자본 제일주의, 돈이면 다 되는 자본 지상주의 세상 아닌가요. 그러니 돈돈돈 돈을 벌어라. 돈이 없으면 입을 닫아라. 고개를 숙여라. 무릎을 꿇어라. 영혼을 팔아라.

둘, 삶은 학교다. 배우는 곳이다. 그래서 죽도록 배웁니다. 공부 또 공부! 시험 또 시험! 일찍이 공자께서 물었지요. 배우고 익히니 즐겁지 아니한가? 글쎄, 나는 즐겁지 않았습니다. 내론 지옥 같았습니다.

그래도 학교가 지옥보다는 낫겠지요. 공부가 전투보다는 쉽겠지요. 삶을 학교로 바라볼수록 사는 게 진지해집니다. 그 학교에서 무엇을 어떻게 배우냐에 따라 삶이 달라집니다. 지식을 쌓고 또 쌓으면 박사가 됩니다. 지혜를 깨치고 또 깨치면 붓다가 됩니다. 세상에 지식은 많습니다. 박사도 많습니다. 하도 많아 치일 정도입니다. 하지만 붓다는 드뭅니다. 다들 지식만 탐하지 지혜를 구하지 않기에.

지식의 학교에서는 겁나게 따집니다. 논리가 무기입니다. 머리가 왕입니다. 지혜의 학교에서는 따뜻하게 품습니다. 사랑이 무기입니다. 가슴이 왕입니다. 지혜를 구하는 이에게 모든 상황은 나를 위한 것입니다. 오늘 마주치는 모든 일이 나를 가르치는 공부입니다. 오늘 만나는 모든 사람이 나를 깨우치는 스승입니다. 어떤 일이 일어나고 어떤 상황에 빚어져도 나는 그것에서 배웁니다. 그것으로 깨칩니다. 이쯤 되면 배우고 익히는 것이 즐겁겠지요. 삶은 신나는 학교겠지요. 영혼의 학교겠지요. 당신의 학교는 어떤가요?

셋, 삶은 놀이터다. 한바탕 즐기다 가는 곳이다. 그러니 웃어요. 노래해요. 춤을 춰요. 공부가 재밌다고 춤과 노래만큼 재밌을까요. 학교가 신난다고 놀이터만큼 신날까요. 나는 오늘도 삶의 축제장으로 달려갑니다. 기쁨은 기쁜 자의 것, 행복은 행복한 자의 것! 나는 지금 즐겁습니다. 행복합니다. 내 삶은 가뿐합니다. 아무런 문제가 없습니다.

사람들은 참 바보입니다. 가벼운 삶을 무겁게 짓누릅니다. 쉬운 삶을 어렵게 비틉니다. 끝도 없이 문제를 내고 답을 찾습니다. 안 풀어도 될 문제를 붙잡고 머리를 쥐어짭니다. 그러지 말고 문제를 내려놓으세요. 그 문제는 안 풀어도 될 문제입니다. 문제를 던져 버리면 문제는 없습니다. 애초부터 문제는 없었습니다. 삶은 놀이이지 문제가 아니니까.

당신은 삶을 어떻게 대하고 있나요? 지옥인가요? 그렇다면 삶은 형벌입니다. 고통입니다. 우격다짐입니다. 사는 게 사는 게 아닙니다. 삶이 삶이 아닙니다. 학교인가요? 그렇다면 삶은 숙제입니다. 풀어야 할 문제입니다. 익혀야 할 과제입니다. 치러야 할 시험입니다. 삶은 항상 모자라지요. 나는 더 보태고 채워야 합니다. 놀이터인가요? 그렇다면 삶은 잔치입니다. 웃고 노래하고 춤추는 축제입니다. 삶은 풍요롭습니다. 모자람이 없습니다. 문제될 게 없습니다.

사는 게 괴로운가요? 그건 내가 삶을 지옥처럼 대하고 있기 때문입니다. 사는 게 버거운가요? 그건 내가 삶을 지겨운 학교처럼 여기고 있기 때문입니다. 그러니 지옥이라면 학교로, 학교라면 놀이터로 바꿔 보세요. 어떻게? 그건 내가 하루하루의 삶을 설레는 놀이처럼 반기면 됩니다. 모든 건 내 마음의 일이기에. 삶을 대하는 내 마음의 태도에 달려 있기에.

소인의 길,
대인의 길,
초인의 길

대체로 인간에게는 세 가지 길이 있다.

첫째, 비가 내리면 홍수를 걱정하고 날이 개면 한발 가뭄이 온
　　　다고 탄식하는 소인의 길.

둘째, 맑은 날은 일하고 비가 내리면 책을 읽으며 마음의 귀에
　　　따르는 대인의 길.

셋째, 비가 와도 좋고 날이 맑아도 좋다, 구름 위는 푸른 하늘,
　　　개나 흐리나 푸른 하늘과 함께 웃는 초인의 길. [7]

후쿠오카 마사노부(1913~2008)의 세 가지 길입니다. 당신은 어느
길에 있나요? 나는 소인의 길에 있습니다. 그러나 대인의 길을 걷고
싶습니다. 초인의 길로 가고 싶습니다. 당신도 그런가요? 그렇다면

초인의 길로 갔던 후쿠오카 마사노부를 따라야겠지요. 초인의 길을 부르짖다가 광인의 길로 빠졌던 니체보다는 마사노부를 닮아야겠지요.

그는 일본의 노자였습니다. 농사짓는 노자였습니다. 노자처럼 자연에 다 맡기는 농사를 지었지요. 땅도 안 갈고 잡초도 안 뽑았습니다. 비료도 안 주고 농약도 안 쳤습니다. 무경운·무제초·무비료·무농약의 '4무 농법'을 지켰습니다. 그 스스로도 "노자가 농사를 지었으면 당연히 나처럼 지었을 것"이라고 했지요.

그래도 그는 최고의 농부였습니다. 땅 갈아엎고, 제초제 뿌리고, 화학비료 끼얹고, 농약 살포하는 농사를 능가했습니다. 더 좋은 것을 더 넉넉히 거뒀습니다. 어떻게 그럴 수 있었을까? 자연이 스스로 땅 갈고, 잡초 제어하고, 비료 만들고, 해충 잡도록 했기 때문입니다. 스스로 알아서 잘하는 자연이 헷갈리지 않게 공연히 끼어들어 훼방 놓지 않았기 때문입니다.

그는 단순한 자연농법이 복잡한 과학농법을 이긴다는 것을 증명했습니다. 나아가 "인간은 아무것도 모르며 무슨 일을 하든 헛수고로 끝날 뿐"이라는 일체무용론을 폈습니다. 농사의 경우에서 보듯 인간이 대단한 줄 아는 지식이란 게 사실은 보잘것없고, 뭣 좀 안다고 벌이는 일이라는 것도 결국은 가만히 놓아두는 것만 못하다는 것이지요. 그는 "자연을 이해하면 인간의 지혜는 아무런 쓸모가 없어진다"고 못 박습니다.

"세상의 모든 일은 무가치하고 무의미하다. 인간이 하는 모든
일은 쓸데없는 일일 뿐이다. 일체의 것이 무無로 돌아간다. 그
리고 이 무야말로 광대무변의 유有인 것이다."[8]

모든 앎(인지)과 함(인위)을 배격하는 그의 일체무용론은 극단적
으로 보입니다. 하지만 허무주의가 아닙니다. 염세주의가 아닙니다.
오히려 정반대지요. 그는 "일체가 헛되다는 것을 알면 일체가 다시
살아난다"고 합니다. 절대 부정을 통한 절대 긍정! 초인의 길도 이
렇게 열립니다. 어쭙잖은 지식으로 옳고 그름을 가르고 좋고 싫음
을 정하는 일이 부질없다는 것을 깨달을 때 비로소 시시콜콜 따지
고 분별하는 습성이 떨어져 나갑니다. 게걸스럽게 정보와 지식을
긁어모으고 판을 벌이려는 욕심도 내려놓게 됩니다. 그리고 바로
그 자리, 텅 비운 무無의 자리에 모든 것을 있는 그대로 받아들이는
조건 없는 수용이 들어섭니다.

소인의 길은 어느 것 하나 순순히 받아들이지 못하는 부정의 길
입니다. 사사건건 트집 잡는 분별의 길입니다. 그 길에서 나는 비가
오면 홍수를 걱정하고 날이 개면 가뭄을 염려합니다. 대인의 길은
합리적으로 살피고 가르는 인지와 인위의 길입니다. 그 길에서 나
는 비가 오면 책을 읽고 날이 개면 일을 합니다. 머리를 굴리고 마
음을 쓰면서 잘 살려고 애씁니다. 초인의 길은 모든 분별을 넘어선
무아와 무위의 길입니다. 모든 것을 순순히 받아들이는 절대 긍정
의 길입니다. 그 길에서 나는 비가 와도 좋고 날이 개도 좋습니다.

날이 맑으나 흐리나 다 그만한 이유가 있는 법. 구름이 모이나 흩어지나 그 위는 언제나 푸른 하늘 아니던가. 아, 저 텅 빈 것이 부리는 천변만화의 조화여!

세상은 나를 소인의 길로 떠밉니다. 오늘도 비가 와서, 눈이 내려서, 바람이 불어서, 더워서, 추워서 문제 문제 문제라고 호들갑입니다. 나는 불안합니다. 겁납니다. 아무것도 믿을 수 없습니다. 어떤 것도 받아들일 수 없습니다. 나는 소인의 길에서 떨고 있습니다. 세상은 나더러 대인의 길을 가라고 부추깁니다. 더 많이 알고 더 많이 궁리해서 모든 문제에 빈틈없이 맞서라고 합니다. 앎과 함으로 가득 채워서 부족함이 없도록 하라고 합니다.

하지만 후쿠오카 마사노부는 다른 길을 권합니다. 인지의 늪과 인위의 벽을 훌쩍 뛰어넘는 초인의 길을 가리킵니다. 그물에 걸리지 않는 바람 같은 길, 있는 그대로 편하고 행복한 자유의 길! 그 길로 가고 싶은가요. 그렇다면 공연히 머리 쓰지 마시길. 중뿔나게 판 벌이지 마시길. 지금 당장 인생을 즐기고 삶을 누리시길. 자연의 품에 안겨 무사태평하시길.

후쿠오카 마사노부는 "이 세상만큼 아름다운 세계는 없다"고 합니다. "살아 있다는 것만으로 좋다"고 합니다. 산오두막에 틀어박힌 그가 말년에 노래하지요. 무아와 무위의 노래입니다.

무문無門의 대도, 인기척이 없다.

하늘은 조용하지만 땅은 소란하다.

누가 일으키는가 이 풍파를

오른쪽이다 왼쪽이다 치고받고

뭐가 좋고 뭐가 나쁘다는 것인가.

부채 바람의 안쪽과 바깥쪽

어느 쪽이나 똑같다.

인적 없는 산오두막

오늘 하루가 백 년

무, 유채꽃이 한창이다.

서력 2000년 달무리

무아몽중에 이 세상 저 세상 지나치는

덧없는 몸, 덧없는 여행

뒤에는 들이 되리, 산이 되리. [9]

바람에
때문에
덕분에

비 오는 바람에 눈 오는 바람에

외로운 바람에 쓸쓸한 바람에

이 바람에를

잘 활용하는 사람은 멋진 인생을 살고

잘못하는 사람은 패가망신한다 [10]

허허당의 말씀. 나는 '바람에'를 어떻게 활용하나? 나는 주로 '때문에'로 활용합니다. 비 때문에, 눈 때문에, 외로움 때문에, 쓸쓸함 때문에…. 그 때문에 패가망신하지요. 이 '바람에'를 '덕분에'로 활용하면 어떨까요? 비 오는 덕분에, 눈 내리는 덕분에, 외로운 덕분에, 쓸쓸한 덕분에…. 그 덕분에 멋진 인생을 살 겁니다. 아래 세 가지

경우가 있습니다.

> 바람 부는 바람에
> 바람 잡는 바람에
> 바람 피는 바람에

이 '바람에'에도 다 '덕분에'를 쓸 수 있을까요? 글쎄, 첫 번째는 가능하고, 두 번째는 헷갈리고, 세 번째는 아닌 것 같습니다. 하지만 멋진 인생을 살려면 두 번째에도 웬만하면 '덕분에'를 써야겠지요. 세 번째에서도 무언가 '덕분에'를 찾아내야겠지요. 그것이 쓰디쓴 배반이든, 뼈아픈 이별이든, 떨떠름한 인내든 결국은 덕분에 덕분에 덕분에! 하여 바람아 불어라. 그대는 바람 바람 바람~

허허당. 비우고 비워서 허허로운 분. 산골 마을 단칸방 '휴유암休遊庵'에서 쉬고 노는 분. 절도 없고 시주도 안 받아 가진 게 없는 분. 그림 그리는 일을 수행으로 삼아 삼매에 드는 분. 이 스님은 선화의 대가지만 선문답 같은 촌철에도 대가지요. 이분의 촌철을 몇 가지 더 볼까요.

> 이른 새벽
> 파리가 이 벽에 붙었다 저 벽에 붙었다
> 몇 차례 윙윙하다 어디로 갔는지 흔적이 없다
> 다를 바 없다 사람도 이리 갔다 저리 갔다

몇 차례 꿈인 듯 생시인 듯 중얼중얼하다

사라지는 것 11

헐! 나 또한 웽웽대며 이리 갔다 저리 갔다 분주하기만 합니다. 꿈인 듯 생시인 듯 중얼중얼 제정신이 아닙니다. 어제도 오늘도 내일도! 이러다 결국 흔적도 없이 사라지겠습니다. 파리만 때려잡지 말고 파리에게 배워야겠습니다. 웽웽대는 저놈의 파리 때문에. 아니 파리님 웽웽대는 덕분에~

집이 있어도 내 집처럼 편안하게

못 사는 사람이 있는가 하면

집이 없어도 어디서나 내 집처럼

편안하게 사는 사람이 있다

세상은 가지는 자의 것이 아니라

쓰는 자의 것이다 12

나는 가지는 자인가, 쓰는 자인가? 나는 가지려는 자입니다. 그렇다고 별로 갖지도 못하는 자입니다. 평생 갖기만 하려다가 갖지도 못하고 쓰지도 못하는 자입니다. 그나마 가진 것도 제대로 못 쓰고 무덤까지 끌고 가는 자입니다. 하여 세상은 나의 것이 아닙니다. 나는 그저 이리 갔다 저리 갔다 중얼중얼하는 자입니다. 마지막으로 허허당 스님의 촌철 당부!

세상을 잠시 휴가 나온 기분으로 살면 어떨까?

그런 기분으로 산다고 해서 누가 뭐라는 사람은 없을 것이다

난 그렇게 산다 평생 휴가 받은 기분으로

그렇다고 긴 휴가도 아니다 눈 깜짝할 새다 [13]

나도 오늘부터 그래야겠습니다. 모처럼 휴가 받은 기분으로 세상을 즐겨야겠습니다. 언제 어디서든 마음 편히 놀멍쉬멍! 허허당 스님 바람 잡는 바람에 웽웽대는 내 인생 신바람 좀 나려나. 허허당 때문에, 아니 허허당 덕분에.

힘 빼!

힘 빼!

힘을 빼라는 건 무력해지라는 게 아닙니다.
오히려 강력해지라는 것입니다.

힘을 빼야 부드러워질 수 있습니다.
부드러워져야 탄성을 회복할 수 있습니다.
탄성을 회복해야 임팩트를 살릴 수 있습니다.
임팩트를 살려야 적중시킬 수 있습니다.

야구 선수도, 골프 선수도, 축구 선수도 진짜 고수는 다 부드럽습니다.

이승엽의 홈런 스윙은 얼마나 부드러운가요?

박인비의 버디 스윙은 얼마나 우아한가요?

노자의 도道가 바로 이런 겁니다.

부드러운 게 단단한 걸 이깁니다. 유지승강柔之勝剛.

약한 게 강한 걸 이깁니다. 약지승강弱之勝強.

부드러움을 간직하는 게 강함입니다. 수유왈강守柔曰強.

그래서 최고의 선은 물과 같습니다. 상선약수上善若水.

힘을 빼라는 건 굴복하라는 게 아닙니다.

적중시켜 승리하라는 것입니다.

과녁을 꿰뚫는 진정한 힘은 부드러움 속에 감춰져 있습니다.

하여 긴장이 느껴질 때마다 힘 빼!

몸에 힘 들어갈 때마다 힘 빼!

숨이 거칠어질 때마다 힘 빼!

잘하려는 욕심이 고개를 쳐들 때마다 힘 빼고 부드럽게 부드럽게!

더없이 부드럽게 적중시켜 우아하게 승리하시길.

하루에
하나 빼기

🍀

노자의 『도덕경』을 찬찬히 읽었습니다. 과연 공자보다 노자입니다. 나에게는 언제나 노자의 울림이 훨씬 큽니다. 『도덕경』 1~81장 중에서 내 가슴에 꽂힌 도道의 진수를 딱 한 구절만 꼽겠습니다. 48장의 첫 줄입니다.

爲學日益 爲道日損
위학일익 위도일손

학문의 길은 하루하루 더해 가는 것
도의 길은 하루하루 빼 가는 것

학문과 지식만 더하나요? 우리는 뭐든 더하는 데 익숙하지요. 돈은 벌고, 재산은 불리고, 스펙은 늘리고, 직급은 올리고, 목표는 높이고, 규모는 키우고, 집은 넓히고… 그래서 충분히 더하셨나요? 아직 멀었다구요? 아직도 배가 고프다구요? 조금만 더하면 될 것 같다구요? 더해도 더해도 더해지지가 않는다구요?

더하는 길은 오르막입니다. 그래서 힘듭니다. 그래서 고단합니다. 하지만 늘 가던 길이라 익숙합니다. 다들 몰려가는 길이라 안전해 보입니다. 반대로 빼는 길은 내리막입니다. 그래서 쉽습니다. 그래서 편합니다. 하지만 늘 가던 길이 아니어서 께름칙합니다. 인적이 드물어 위험해 보입니다.

그렇습니다. 도의 길은 위험해 보입니다. 위험해 보이는 그 길을 10여 년 가 보았습니다. 그동안 도를 닦았냐구요? 아무렴, 더하던 삶에서 빼는 삶으로 돌아섰으니 도를 닦은 거지요.

"도를 아세요?"

길거리에서 이렇게 속삭이는 분을 만나신 적이 있나요? 도를 아시나요? 모르신다면 제가 가르쳐 드리지요. 하루하루 빼 가는 것, 그것이 도입니다.

사는 게 어떤가요? 힘든가요? 고단한가요? 그나마 안전한가요? 안전해 보이는 그 길이 사실은 하나도 안전하지 않더군요. 거기는 박 터지게 싸우는 곳입니다. 우르르 몰려다니면서 맞짱을 뜨고 패싸움을 벌이는 살벌한 전장입니다. 그 길은 전혀 안전하지 않습니다. 힘들고, 고단하고, 위험합니다.

여기 쉽고 편한 길이 있습니다. 도의 길입니다. 그런데 위험해 보입니다. 외로울 것 같습니다. 하지만 별로 위험하지 않더군요. 요즘에는 가는 사람이 늘어 별로 외롭지도 않더군요. 도는 쉽고 편한 길이니 절대로 어렵게 생각하면 안 됩니다. 쉽고 편하게 시작하면 됩니다. 하루에 하나 빼기!

요즘 '하루에 하나씩 버리기'라는 게 있더군요. '1·1 운동'이라고 하지요. 미니멀 라이프를 추구하는 젊은이들이 붙인 이름입니다. 이거 하는 사람은 다 도를 닦고 있는 겁니다. 뭐든 하루에 하나씩 버리다 보면 결국 버리는 게 마음의 문제임을 간파하게 되지요. 옷장을 꽉 채운 낡은 옷가지도 하나 버리고, 냉장고 구석에 처박힌 음식물도 하나 버리고, 자리만 차지하는 세간도 하나 버리고, 서랍에 굴러다니는 볼펜 깍지도 하나 버리고, 하다못해 지갑 속의 영수증 쪼가리라도 한 장 버리고…. 이렇게 온갖 잡동사니를 버리고 버리고 버리다가 마음의 잡동사니도 버리게 되는 것! 그것이 도의 길입니다. 위도일손입니다.

'위도일손'의 도! 그에 따라 하루에 하나씩 빼고 또 빼면 어떻게 될까요? 노자가 답합니다. "다 빼면 다 됩니다!"

損之又損 以至於無爲 無爲而無不爲
손지우손 이지어무위 무위이무불위

없애고 또 없애

함이 없는 지경에 이르십시오

함이 없는 지경에 이르면

되지 않는 일이 없습니다

나도 함 없이 다 이루는 '무위 = 무불위'의 도道를 깨달아 그 덕德에 원 없이 편하고 한없이 자유롭고 싶습니다. 도를 깨달아 그 덕에 행복해지는 『도덕경』의 길, 그 길이 쉽게 말해 위도일손, '하루에 하나 빼기'입니다.

오상아의 노래

노자의 도道에서 팍 꽂히는 한 구절을 꼽았으니 장자의 도에서도 그런 하나를 꼽아보지요.

吾喪我
오상아

나는 나를 잃어버렸네

『장자』 2편 「제물론」의 첫 번째 이야기에 '오상아'가 나옵니다. 어느 날 스승이 넋이 나간 듯해서 제자가 무슨 일이시냐고 묻지요. 스승이 정신을 가다듬고 답합니다.

"지금 나는 나를 잃어버렸다. 그런데 네가 그 뜻을 알 수 있을
까? 너는 사람들이 부는 퉁소 소리를 들어 보았겠지만 땅이
부는 퉁소 소리는 들어 보지 못했겠지. 설령 땅이 부는 퉁소
소리는 들어 보았을지 모르지만 하늘이 부는 퉁소 소리는 들
어 보지 못했을 것이다."

여기 있군요. 오상아! 나는 나를 잃어버렸네! 그런데 난데없는 웬
퉁소 타령? 스승은 세 가지 퉁소 소리를 얘기합니다. 그중 사람이
부는 퉁소 소리야 나도 들어 보았지요. 명인 이생강의 애끓는 퉁소
소리는 가히 사람의 것이 아니더이다. 그러면 땅이 부는 퉁소 소리
는 뭔가요? 그것은 새소리, 물소리, 빗소리, 메아리 소리 같은 것입
니다. 대지의 숨결인 바람이 세상 만물을 흔들어 내는 소리입니다.
들리나요? 땅이 부는 저 퉁소 소리가! 그렇다면 하늘이 부는 퉁소
소리는? 글쎄, 하늘도 퉁소를 부나요? 나처럼 어리벙벙한 제자에게
스승이 설명합니다.

"온갖 것에 바람을 모두 다르게 불어넣으니 제 특유한 소리를
내는 것이지. 모두 제 소리를 내고 있다고 하지만 과연 그 소리
를 나게 하는 건 누구겠느냐?"

그렇군요. 하늘이 부는 퉁소 소리는 소리 뒤의 소리군요. 온갖
소리에 제 소리를 주는 소리 중의 소리군요. 스승은 그 소리를 들

었나 봅니다. 그 소리가 넋이 나가도록 아름다웠나 봅니다.

오상아! 나는 나를 잃어버렸네! 내가 나를 잃었으니 망아입니다. 몰아입니다. 무아입니다. 뭐라 하든 그것은 마음을 텅 비운 상태를 말하겠지요. 나만 알고, 나만 위하고, 나만 챙기는 욕심 사나운 나를 다 내려놓은 상태, 바로 그런 텅 빈 마음자리에서만 들리는 저 하늘의 퉁소 소리, 오상아의 노래!

바람이 소리 없이 소리 없이 흐르는데 외로운 여인인가…

아, 이 노래가 아니군요. 이건 「상아의 노래」군요. 물론 이 노래도 좋지요. 님을 여읜 외로운 상아가 내 마음을 울리지요. 이 슬픈 상아가 '슬픈 나'까지 한 번 더 나를 여읠 때, 상아의 노래에 가슴 아린 내가 한 번 더 '아린 나'를 여읠 때, 바로 그 망아 몰아 무아의 경지에서 '오상아의 노래'가 시작되겠지요.

나도 그 노래를 듣고 싶습니다. 넋이 나가도록 아름다운 천상의 퉁소 가락을 듣고 싶습니다. 그러기 위해 내 마음을 비우고 또 비워야겠지요. 내 마음의 나를 몽땅 비워 버린 허허로운 공간에 울려 퍼지는 오상아의 노래! 내가 다 사라진 자리에서 들리는 노래라면 그 노래는 도대체 누가 부르고 누가 듣는 것인가요?

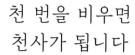

천 번을 비우면
천사가 됩니다

"천사가 날 수 있는 이유는 마음이 가볍기 때문이다."
미국의 영성가 앨런 와츠가 이렇게 말합니다.

그렇다면 나도 날 수 있겠군요.
천사가 될 수 있겠군요.

마음만 비우면
마음만 비우면

마음을 비웠는데 날 수 없으면?
마음을 덜 비운 것이겠지요.

날다가 떨어지면?
마음이 무거워진 것이겠지요.

언제나 해법은 똑같습니다.

비우고, 비우고, 또 비우고
가볍게, 가볍게, 더 가볍게

이런 생각 저런 생각
이런 욕심 저런 욕심
이런 근심 저런 근심
이런 미련 저런 미련
이런 분노 저런 분노

오늘도 내 마음을 가득 채우고 나를 짓누르는 것들
비우고 비우고 또 비우고 깃털보다 가볍게 가볍게
날자 날자 날자꾸나!

내 몸은 아무리 가벼워도 중력에 눌리지만
내 마음은 가볍기만 하면 훨훨 하늘을 납니다.

기쁨의 날개를 달고 저 푸른 하늘로
천사처럼 천사처럼 하늘을 납니다.

비우고 비우고 비우고 비우고…

비우면 비울수록 마음에 날개가 돋습니다.
천 번을 비우면 천사가 됩니다.

하늘의 새들은
"평화 평화 평화"라고
노래합니다

🍀

The birds in the sky, in the space, sing "Peace, Peace, Peace."

하늘의, 공중의 새들은 "평화, 평화, 평화"라고 노래합니다.

20세기 첼로의 거장, 파블로 카잘스(1876~1973). 1971년 UN에서 평화상을 받은 그가 답례로 「새들의 노래Song of the Birds」를 연주하기에 앞서 짤막하게 소감을 밝힙니다.

"나는 거의 40년 동안 공개적으로 연주를 하지 않았습니다. 오늘은 연주를 해야겠습니다. 이 곡은 「새들의 노래」입니다. 하늘의, 공중의 새들은 '평화, 평화, 평화'라고 노래합니다. 정말 아름다운 이 곡은 또한 내 조국의 영혼입니다. 카탈로니아."

스페인 프랑코 독재 정권에 항거해 더 이상 공연을 하지 않겠다고 선언하고 평생 의로운 망명객으로 살았던 그가 아흔다섯에 마지막 연주를 합니다. 고향, 카탈로니아의 하늘을 나는 새들과 함께 모두의 평화를 염원하며. 오늘 아침, 그의 첼로 선율이 아릿하군요.

그렇게 저 하늘의 새들은 평화를 노래하는데 당신은 무엇을 노래하나요? 피어나는 꽃들은 기쁨을 노래하고, 자라나는 나무들은 생명을 노래하는데 우리는 무엇을 노래하나요?

우리 어른들의 노래는 어제도 오늘도

돈 돈 돈! 일 일 일! 더 더 더! 집 집 집! 차 차 차! 빨리 빨리 빨리! 성공 성공 성공!

우리 아이들의 노래는 어제도 오늘도

공부 공부 공부! 시험 시험 시험! 학원 학원 학원! 대학 대학 대학! 스펙 스펙 스펙!

하여 우리들의 노래는 얼마나 슬픈가요? 얼마나 갑갑한가요? 얼마나 보잘것없나요? 이제 우리들이 부르는 노래도 조금은 새들을, 꽃들을, 나무들을 닮아야겠지요. 새들처럼 평화 평화 평화! 꽃들처럼 기쁨 기쁨 기쁨! 나무들처럼 생명 생명 생명! 내 안에 강 같은 평화 넘치도록. 오, 피스 피스 피스! 옴, 샨티 샨티 샨티!

걸으면 쉽고
뛰면 어렵다

🍀

1.

가파도에 청보리가 익어 가더이다. 바람이 부는 대로 푸른 벌판
이 물결치더이다.

올레 10-1 코스. 가파도 4.3킬로미터. 파도를 더해서 가파도라는
명성만큼 파도가 넘실댔지요. 바다 건너 산방산과 송악산이 한눈
에 들어오더군요. 그 뒤로 멀리 한라산이 섰습니다. 들판의 허수아
비들은 색동옷을 입고 바람따라 칠렐레팔렐레 춤을 춥니다. 때마
침 청보리 축제가 열리고 있습니다. 딱 맞춰 온 셈이지요.

가파도가 나의 마지막 올레 코스였습니다. 푸른 청보리 파도치는
너른 곳에서 느긋하게 마침표를 찍으니 흐뭇합니다. 재작년 3월 성

산 일출봉에서 뜨는 해를 바라보며 첫걸음을 떼었으니 2년 2개월 만입니다. 그동안 제주에 네 번 와서 스물여섯 개 코스를 나눠 걸었습니다. 다 더하니 412킬로미터군요.

가파도 다음 날 다시 찾은 곳은 용눈이오름이있습니다. 용눈이는 특별하지요. 제주에 갈 때마다 보고 싶은 님이지요. 볼 때마다 새로운 매혹이지요. 어느 방향에서 보든 여인의 누드 같은 곡선이 눈길을 사로잡습니다. 나는 알지요. 제주에 홀린 사진작가 김영갑이 죽도록 용눈이를 사랑한 이유를. 나 또한 용눈이에 반했기에. 그녀를 사랑하지 않을 수 없기에.

걷는 자의 행복을 누리게 해 준 제주의 모든 길에게 감사합니다. 한라의 신령님께 감사합니다. 설문대 할망께 감사합니다. 나의 두 다리에도 감사합니다. 걷는 자에게는 정녕 행복이 멀지 않더이다. 비싸지 않더이다.

나는 제주를 걸으면서 다시 한번 깨달았습니다. 걸으면 삶이 쉬워진다는 것을. 걷기 위해 걸으면 삶이 저절로 풀린다는 것을. 어떤 한의사가 "걸으면 살고 누우면 죽는다"고 했지요. 나는 이렇게 말하고 싶습니다. 걸으면 쉽고 뛰면 어렵다!

그렇습니다. 걷는 건 쉽습니다. 그냥 한 발 한 발 내디디면 됩니다. 걷는 게 좋아서 걸으면 걷는 것 자체가 목적이 됩니다. 달리 어디로 가기 위해 걷는 게 아닙니다. 그냥 걷기 위해 걷는 겁니다. 나는 내딛는 걸음마다 출발하고 디디는 걸음마다 도착합니다. 반드시 언제까지 어디로 가야 한다는 강박이 없습니다. 그런 것에 애면

글면 매이지 않습니다. 나는 길을 잃을 수 없습니다. 그냥 걸으니까요. 나는 빗나갈 수 없습니다. 매 순간 도착하니까요.

그러니 걷는 것은 얼마나 쉬운가요. 걷기 좋아 걷는 것은 얼마나 행복한가요. 삶이 어렵다고 느껴질 때 나는 걸으러 갑니다. 걷기 위해 걸으면서 묻습니다. 걷기 좋아 걷는 것처럼 살기 좋아 살 순 없나? 지금 이 순간의 삶을 긍정하고 받아들일 순 없나? 내 삶을 가장 쉽게 풀어내고 가장 깊게 즐길 수 있는 비밀이 바로 거기에 있을 것이기에.

2.

이리저리 나아가고 만나고 합치고 갈라지는 길! 삶도 그러하니 삶은 곧 길이겠지요. 당신은 그 길을 어떻게 걷나요? 걷기 위해 걷나요? 가기 위해 걷나요? 아니면 어디로 가는지도 모르는 채 걷나요?

어느 길을 걷든 길에서 만난 것을 사랑하면 삶도 사랑으로 채울 수 있겠지요. 제주의 길은 아름다웠습니다. 그 길에서 만난 것들에 감사하고 감동하면서 길 위의 나그네는 행복했습니다. 삶을 사랑으로 채울 수 있었습니다.

걷기 위해 걸으면 이럴 수 있습니다. 삶을 사랑으로 채울 수 있습니다. 걷기 위해 걸으니 길에 감사하고 삶에 만족합니다. 길에서 만난 것이 반갑고 사랑스럽습니다. 그래서 삶이 쉬워지는 거지요. 행복해지는 거지요.

가기 위해 걸을 땐 그렇지 않았습니다. 그때는 빨리 가려고 재촉하느라 숨이 가빴습니다. 마음이 분주했습니다. 그런데 가도 가도 다다를 수 없었습니다. 가도 가도 도착할 수 없었습니다. 목적시는 언제나 저 앞에 있었습니다. 내가 한 발 나아가면 그것은 한 발 물러났습니다. 나는 무지개를 좇던 거지요. 도달할 수 없는 경주를 했던 거지요. 그래서 삶은 어려웠습니다. 힘겨웠습니다. 고달팠습니다.

걷기 위해 걸으면 걷는 게 목적입니다. 걸으면 바로 이룹니다. 걸음걸음마다 도착합니다. 그러나 가기 위해 걸으면 걷는 게 수단입니다. 빨리 가야 목적을 이룹니다. 정확히 가야 빗나가지 않습니다. 그러니 걷는 것을 즐기기 어렵습니다. 길에서 만난 것을 사랑하기 어렵습니다.

올레를 한 달가량 걸었는데 경비는 감당할 만했습니다. 비행기값을 빼고 하루 4만 원 꼴로 썼습니다. 4만 원 가운데 2만 원은 게스트하우스에 묵는 값입니다. 1만 5,000원은 먹는 값입니다. 나머지 5,000원은 소소한 비용입니다. 걷는 데 별로 돈 들지 않습니다. 먹고 자는 것만 욕심내지 않으면 됩니다. 그런데 종일 걸으면 뭐든 맛있고 어디든 잘 만합니다. 짐을 풀고 어느 낯선 골목 식당에서 저녁을 먹을 때, 그와 함께 막걸리 한 잔을 걸칠 때, 주酒님을 모시고 주酒님과 함께하고 주酒님에 안기는 충만한 그 기쁨, 그 축복~

가끔 꼬이고 안 풀리는 날이 있지요. 묵을 곳이 안 잡히고 너저분하고, 먹을 것이 안 보이고 마땅치 않고…. 하지만 어쩝니까. 나는 먹고 자는 데 까다롭지 않기로 했습니다. 세상에 어렵고 곤하게 지내는 분이 얼마나 많습니까. 어쩌다 인생이 궁하게 흘러 오늘도 춥고 험하고 외진 곳에서 긴 밤 뒤척이는 분이 적지 않을 겁니다. 그들이 보기에 나는 왕처럼 먹고 자는 거겠지요. 이렇게 생각하니 삶이 더 쉬워집니다. 선의 일화가 생각나는군요. 제자가 묻고 스승이 답합니다.

"무엇이 깨달음입니까?"
"배고프면 먹고 졸리면 자는 것이다."
"남들도 다 그렇게 하는데요."
"남들은 밥 먹으면서 온갖 삿된 것을 따진다. 잠자면서도 온갖
삿된 생각을 일으킨다."
"무엇이 삿되고 무엇이 바릅니까?"
"마음이 물건을 쫓으면 삿되고, 물건이 마음을 쫓으면 바르다."

이제 물건을 쫓는 삿된 마음을 조금 더 내려놓으면 삶과 여행을 아우를 수 있을 것 같습니다. 조금 더 소박하고 단순하게 간추리면 생활비로 여행하고 여행비로 생활할 수 있을 것 같습니다. 날마다 여행하는 기분으로 사는 생활 여행자가 되는 거지요. 그래서 머물다 갑갑하면 떠나고, 나돌다 지치면 돌아와 머무는 거지요. 그럼으로써 나는 떠남과 머묾에서 자유로운 흐름이 됩니다.

요즘엔 걷기 위해 걷는 길이 아주 많습니다. 둘레길, 마실길, 산

소길, 해파랑길, 물레길, 바우길, 바래길, 나들길, 꼬부랑길, 구불길, 자드락길… 이런 길만 찾아 걸어도 끝이 없겠습니다. 아무 이름 없는 길이면 또 어떻습니까. 번잡한 도심의 대로변이든, 왁자한 시장통이든, 후미진 산동네 골목길이든, 흙먼지 날리는 시골 황톳길이든 나는 길에 까다롭지 않기로 했습니다. 걷는 게 좋아 걷는 자는 이 길 저 길을 따지지 않기에. 어느 길이든 다 그만의 멋이 있기에. 언제나 오늘 걷는 이 길을 사랑할 뿐이기에. 아, 세상은 정녕 걷는 자의 천국인가 봅니다.

걷는 자의 행복을 알았으니 삶도 같은 식으로 풀어야겠지요. 삶은 곧 길이니까요. 사는 게 어려운가요? 그럴 때마다 나는 묻기로 했습니다. 걷기 위해 걷는 것처럼 살기 위해 살 순 없나? 걷기 좋아 걷는 것처럼 살기 좋아 살 순 없나? 지금 이 순간의 삶을 긍정하고 받아들일 순 없나? 내 삶을 가장 쉽게 풀어내고 가장 깊게 즐길 수 있는 비밀이 바로 거기에 있을 것이기에.

해피 엔딩을
이루는
단 한 가지 방법

🍀

신데렐라는 멋진 왕자와 결혼한 다음에 영원토록 행복했을까? 잠자는 숲속의 공주는 달콤한 입맞춤으로 그녀를 깨운 백마 탄 왕자와 끝까지 잘 살았을까?

동화의 세계에서는 해피 엔딩이 일어납니다. 동화는 해피 엔딩 다음을 이야기하지 않으니까요. 그러나 해피 엔딩 다음에도 삶은 이어집니다. 그렇다면 현실 세계에서 엔딩은 없지 않은가? 죽음이 엔딩이라면 마지막 숨을 행복하게 거두는 것 외에는 해피 엔딩이 없지 않은가?

거리의 소설가 댄 헐리. 즉석에서 초상화를 그려 주는 거리의 화가처럼 타자기를 앞에 놓고 60초에 한 편씩 자기 앞에 앉은 사람의 인생을 담은 소설을 써 줍니다. 1983년 봄, 스물일곱에 시작한 60

초 소설이 쌓이고 쌓여 2만 2,614편에 이르지요. 2만 2,614명의 인생을 만나 2만 2,614가지의 이야기를 그려 낸 그는 세상에서 가장 많은 소설을 쓴 사람입니다. 물론 그가 쓴 소설 중에는 해피 엔딩이 제일 많겠지요.

하지만 댄 헐리도 "현실 세계에서 해피 엔딩은 일어나지 않는다"고 합니다. 아, 쓰리고 안타까운 이 진실! 내 인생에 해피 엔딩은 정녕 불가능한가? 아닙니다. 아직 실망하지 마시길. 여기 해피 엔딩을 위한 한 가지 비결이 있습니다. 댄 헐리가 전하는 그 비결입니다.

> "우리는 지금 이 순간 행복해짐으로써 해피 엔딩을 이룰 수 있을 뿐이다." [14]

해피 엔딩이 가능한 방법은 오직 한 가지, 지금 이 순간 행복해지는 것! 지금 당장 행복을 결심하고, 행복을 선택하고, 행복을 누리는 것! 그럼으로써 나는 매 순간 해피 엔딩을 이룰 수 있습니다. 나의 인생 스토리는 언제나 해피 스타팅입니다. 동시에 언제나 해피 엔딩입니다.

댄 헐리는 "내가 이해하는 한, 우리 모두가 진정으로 바라는 것은 지금 이 순간의 행복"이라고 합니다. "순간을 사는 것, 그것은 무엇과도 바꿀 수 없는 소중한 보물"이라고 합니다.

내가 이해하는 한, 내가 진정으로 바라는 것도, 그 무엇과도 바꿀 수 없는 소중한 보물도 댄 헐리의 것과 똑같습니다. 그것은 언제나 '지금 이 순간의 행복'입니다. 그리고 그것은 지금 당장 행복을 결심하고, 행복을 선택하고, 행복을 누릴 때만 가능합니다. 매 순간 스스로 행복하려는 태도와 습관이 향기로운 행복을 꽃피웁니다.

해피 스타팅이 곧 해피 엔딩입니다. 행복을 미루면 해피 스타팅도 밀리고 해피 엔딩도 밀립니다. 행복을 미뤄 버릇하면 끝끝내 해피 엔딩을 경험할 수 없습니다. 나는 마지막 숨마저 뒤로 미루느라 행복하게 거둘 수 없을 겁니다.

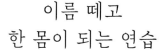

이름 떼고
한 몸이 되는 연습

해 뜨는 동해를 타고 아침부터 저녁까지, 포항에서 속초까지 천천히 올라왔습니다. 바다 그리워, 바다 그리워 바다가 보이는 길로만 올라왔습니다. 이현주 님의 시 한 편이 떠오릅니다.

바다 그리워, 깊은 바다 그리워

남한강은 남에서 흐르고

북한강은 북에서 흐르다가

흐르다가 두물머리 너른 들에서

남한강은 남을 버리고

북한강은 북을 버리고

아아, 두물머리 너른 들에서

한강 되어 흐르는데

아름다운 사람아, 사랑하는 사람아
우리는 서로 만나 무엇을 버릴까?
설레는 두물머리 깊은 들에서
우리는 서로 만나 무엇을 버릴까?

바다 그리워, 푸른 바다 그리워
우리는 서로 만나 무얼 버릴까?

「우리는 서로 만나 무엇을 버릴까?」라는 시입니다. 서로 만나 '무엇을 보탤까'가 아니라 '무엇을 버릴까' 묻는군요. 그렇게 물어야 그리운 바다, 깊고 푸른 바다에 이르는 것이로군요.

동해와 서해도 '동'과 '서'만 떼면 그냥 '바다'입니다. 동쪽이든 서쪽이든 다 내 기준이지 오른쪽에서 보면 동이 서고, 왼쪽에서 보면 서가 동일 테니 이름이라는 게 참으로 믿을 게 못됩니다. 동해와 서해도, 태평양과 대서양도, 인도양과 지중해도 이름만 떼면 그냥 다 바다입니다. 모든 강물을 품은 그리운 바다, 깊고 푸른 바다입니다.

그러니 가끔씩 이름 떼는 연습을 해 보는 건 어떨까요. 이름에 속지 않으려면 그래야 하지 않을까요. 이현주 님이 바로 이런 데 일가견이 있습니다. 이분에게 한 수 배워 보지요.

이현주 님은 목사입니다. 오래전 동화 작가로 등단했지만 오지랖

이 넓어 두루 경계가 없지요. 노자와 장자에 빠지고, 불교와 힌두교에 물들고, 시를 쓰고, 번역을 하고… 지금도 세상의 시비와 분별을 걷어 내면서 걸림없이 살고 계실 겁니다.

이현주 목사의 책 『오늘 하루』. 인터넷 헌책방에서 우연히 발견해 3,000원에 산 책입니다. 목사님인데 예수님을 때로는 선생님이라 하고, 때로는 스승이라고도 합니다. 그가 책에서 고백합니다.

> "저는 스승이신 교주를 본받아 감리교인에서 '감리'가 떨어진
> 기독교인으로, 기독교인에서 '기독'이 떨어진 교인으로, 교인에
> 서 '교'마저 떨어진 그냥 사람人으로 되기를 소원하는, 그래서
> 아직은 '사람'이 못되었지만 언제고 '사람'이 되기를 소원하는,
> 그런 사람입니다."

역시 헌책방에서 2,000원에 산 이현주 님의 시집 『그러니까, 무슨 말이냐 하면』. 「우리는 서로 만나 무엇을 버릴까?」라는 시도 여기에 담겨 있지요. 이름에 속지 말라는 시인의 당부를 조금 더 들어 볼까요. 「시방은 아무쪼록」이란 시의 한 부분입니다.

> 소나무가 소나무를 떠나 나무로 돌아가면
> 곁에 있는 참나무와 한 몸이 된다.
> 나무가 나무를 떠나 물건으로 돌아가면
> 아래에 있는 바위와 한 몸이 된다.

내가 나를 떠나 사람으로 돌아가면

멀리 있는 너와 한 몸이 된다.

사람이 사람을 떠나 물건으로 돌아가면

걸터앉은 바위와 한 몸이 된다.

이현주 님은 먼저 사람이 되겠다고 합니다. '대한감리기독교인'에서 '대한' 떼고, '감리' 떼고, '기독' 떼고, '교' 떼고 그냥 '사람人'이 되겠다고 합니다. 사실 그에게 종교가 뭐냐, 종파가 어디냐고 물으면 그는 되묻습니다. "울타리 없는 집에 산 지 이미 오래된 사람한테 언제 담을 넘었냐고 묻는 거냐?" 진짜 목사가 맞냐고 물으면 답합니다. "나는 하나님만 외치는 목사가 되느니 나무와 풀과 돌에서 하느님을 느끼는 자가 되겠다."

그렇습니다. 그는 먼저 사람이 되고, 그다음으로 풀이 되고, 그다음으로 돌이 되겠다고 합니다. 그는 정말 울타리 없는 집에 사는 것 같습니다. 생명의 울타리도 넘어 뭇 사물들과 하나 되어 흉금 없이 이야기하면서 사는 것 같습니다.

역시 헌책방에서 눈길이 닿아 3,900원에 산 이현주 님의 책『물物과 나눈 이야기』. 책을 들여다보니 그는 실제로 사물과 두런두런 이야기를 나눕니다. 그가 구석의 쓰레기통에게 한마디 던집니다. "좀 지저분하구나?" 쓰레기통이 대꾸합니다. "나는 언제나 깨끗하다. 쓰레기통은 쓰레기를 만들지 않는다." 이번엔 소리를 키우는 마이크가 먼저 말을 겁니다. "무슨 말을 그리 크게 하려고 사람들이 나 같은 물건을 만들었는지 모르겠구나." 그가 답합니다. "때로 소리를 키워야 할 경우도 있지." 마이크는 그에게 뭐라고 했을까요? "타고난 목소리보다 크게 말하는 사람을 나는 믿지 않는다. 고운 노래는 언덕을 넘지 않는 법. 니도 제발 나를 믿지 말아라."

이런 식으로 그는 나무젓가락과 얘기하고, 두루마리 휴지와 얘기하고, 밟혀 죽은 개구리와 얘기합니다. 찻주전자와, 민들레 씨앗과, 호박씨와, 빨래집게와, 떨어진 꽃과, 빈 의자와 얘기합니다. 물物과 속닥이는 것에 대해 그는 말합니다. "저는 이런 연습을 통해서, 제가 풀이고 풀이 저라는 진실을 과연 몸으로 한번 저리게 깨닫고 싶습니다."

그렇군요. 연습을 하되 몸으로 저리게 깨달을 때까지 하는 거군요. 이름을 떼되 더 이상 뗄 수 없을 때까지 떼는 거군요. 그래야 너와 내가 똑같은 인간이 되고, 풀과 내가 똑같은 생명이 되고, 돌과 내가 똑같은 만물이 되는 것이로군요. 그래야 모든 강물을 품은 진실의 바다, 모든 경계를 넘은 자유의 나라에 이르는 것이로군요. 바다 그리워 바다 그리워 바다로 흐르는 나는 아직 길이 멀군요. 오늘도 연습 또 연습해야겠군요. 무엇을 버릴까 묻고 또 묻는 연습! 이름 떼고 한 몸이 되는 저 위대한 연습!

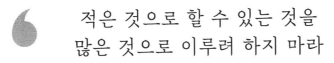

적은 것으로 할 수 있는 것을 많은 것으로 이루려 하지 마라

"적은 것으로 할 수 있는 것을 많은 것으로 이루는 것처럼 허망한 것은 없다."

14세기 영국의 신학자이자 수도사였던 윌리엄 오컴William of Ockham은 이렇게 말합니다. 그는 "필요없이 복잡하게 만들지 말라"고 합니다. "같은 값이면 간단한 쪽을 택하라"고 합니다. "불필요한 가정은 면도날로 잘라 내라"고 합니다.

'오컴의 면도날'이란 말이 여기서 나오지요. 오늘날 '오컴의 면도날'은 논리학이나 과학이론에서 앞세우는 '단순성의 원칙'을 상징합니다. '어떤 사실이나 현상에 대한 설명들 가운데 논리적으로 가장 단순한 것이 진실일 가능성이 높다!'

그렇습니다. 단순함이 복잡함을 이깁니다. 적은 것으로 할 수 있는 것이면 적은 것으로 해야 합니다. 적은 것으로 할 수 있는 것을 많은 것으로 이루는 것처럼 허망한 일은 없습니다. 당신은 어떤가요? 적은 것으로 누릴 수 있는 행복을 많은 것으로 이루려고 기를 쓰고 있지 않나요? 평생 그리 살며 삶을 낭비하고 있지 않나요?

삶에서도 가장 단순한 것이 정답일 가능성이 높습니다. 쓸데없이 삶을 복잡하게 만들지 마세요. 같은 값이면 단순한 쪽을 택하세요. 불필요한 일은 면도날을 긋듯 가차 없이 잘라 내세요.

모든 것에서 단순함을 사랑하세요. 자신을 단순함 자체로 만드세요. 그러면 우주의 법칙 또한 덜 복잡하게 보일 것입니다. 이때 고독은 고독이 아니고, 가난은 가난이 아닐 것입니다. 단순한 삶에 행복이 있습니다. 필요하지 않은 모든 것을 버린 사람은 모든 것을 소유하고 필요로 하는 사람보다 행복합니다. 즐거움과 단순함은 아주 오래된 두 친구입니다.

Less is More! 적은 것은 하찮은 것을 모두 덜어 낸 겁니다. 버림 자체는 그것을 통해 얻는 것에 비해 아주 작은 것임을 깨달아야 합니다. 버림은 자유입니다. 반대로 욕망은 속박입니다. 소유의 무게에 짓눌리지 마세요. 소유하지도 소유되지도 마세요.

단순한 삶은 가난을 능동적이고 미학적으로 수용한 것입니다. 그래서 자발적 가난은 가장 큰 재산입니다. 적은 것에 만족하는 사람은 자신이 넉넉히 가졌음을 알기에 부자입니다. 그러나 자신이 넉넉히 가졌음을 아는 이는 극히 적습니다. 그것을 어떻게 사용할지 아는 이는 더욱 적습니다.

행복을 위해 필요한 것은 얼마 되지 않습니다. 탐욕은 전 세계를 통틀어 가장 환상적이고 모순적인 질병입니다. 이 병에 걸리지 마세요. '소유에 대한 열병'을 경계하세요. 카네기의 지갑으로 무장한 모세나 예수나 간디를 상상할 수 있겠습니까?

'더 많이'의 함정에 빠지지 마세요. '더 많이!'를 외칠수록 더 많이 빗나가는 영혼의 절규! 나의 소유가 곧 나의 한계가 됩니다. 끝도 없이 속삭이는 광고를 믿지 마세요. 광고의 목적은 오직 하나뿐, 욕망의 침묵을 막는 것입니다. 우리는 정신적 쓰레기를 물질적 형태로 소비할 것을 강요당하고 있습니다.

오늘날 생산의 논리는 생명의 논리가 아닙니다. '성장 중독증'은 우리 시대의 드러나지 않은 종교입니다. 이 정신 나간 양적 팽창을 중단해야 합니다. 그것은 풍요의 경제가 아니라 낭비와 반복의 경제입니다. 얼마나 많은 것들이 과시를 위해, 남을 능가하려는 욕망을 위해 낭비되고 있습니까? 이런 낭비가 없다면 경제는 깊은 불황에 빠질 것입니다.

우리는 지금 이 세상에 무한한 욕망의 문이 열린 것을 보고 있습니다. 그것은 현대판 판도라의 상자입니다. 누구도 이런 가치관을 가진 사회의 생존을 낙관할 수 없습니다. 우리는 모두 '미래의 패배자'가 될 것입니다.

미래의 패배자를 원하시나요? 그게 아니라면 얼른 단순한 삶을 선택하세요. 단순한 삶에서 행복을 찾으세요. 누구나 그것을 당장

이 자리에서 시작할 수 있습니다. 그것은 아주 적은 것으로 할 수 있는 일입니다. 적은 것으로 할 수 있는 것을 많은 것으로 이루려 하지 마세요. 그것처럼 허망한 일은 없습니다.

이와 같은 가르침을 준 동서고금의 여러 스승들께 깊이 감사드립니다. 소로, 간디, 슈마허, 에크하르트, 에피쿠로스, 루미, 윌리엄 오컴, 윌리엄 블레이크, 아인슈타인, 타고르, 올더스 헉슬리, 줄리 헨스, 윌리엄 펜, 알칼라바디, 알가잘리, 데니스 가보르, 로버트 테오발드, 윌리엄 엘러리 채닝, 필립 슬래터, 샤를 와그네, 월트 휘트먼, 마르크스 아우렐리우스 등등. 골디언 밴던브퀴크가 엮는 『자발적 가난』이란 책에 나오는 여러 분들의 말씀들로 다시 엮은 글임을 밝힙니다.

모든 덧셈은 덧없다

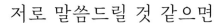

저로 말씀드릴 것 같으면

'저는 김 아무개이고 누구누구의 아들로 화목한 집안에서 자라나 어떤 학교를 나왔고 어떤 이력을 쌓았으며 적극적이고 활달한 성격에 성실 정직 뚝심을 좌우명으로 삼아 무슨 일이든 잘 해낼 수 있는….'

자기소개서입니다. '저로 말씀드릴 것 같으면'으로 시작하는 '나는 누구인가?'입니다. 이에 따르면 나는 김 아무개입니다. 누구누구의 아들입니다. 어떤 학교를 나온 졸업생입니다. 어떤 이력을 쌓은 경력자입니다. 적극적이고 활달한 성격자입니다. 성실 정직 뚝심을 좌우명으로 삼아 무슨 일이든 끝까지 잘 해내는 사람입니다.

나는 이런 인물입니다. 이런 인재입니다. 그렇다고 치지요. 이런 내가 군대에 갔습니다. 신병인 나에게 고참이 묻습니다.

"너 어디서 왔나?"

"예, 이병 김 아무개. 화천서 왔습니다."

"화천이 다 네 집이냐?"

"아닙니다. 화천 ○○○리에서 왔습니다."

"○○○리가 다 네 집이냐?"

"어… 아닙니다. 강원도 화천군 하남면 ○○○리길 ○○○번지
에서 왔습니다."

"이거 어리바리한 게 완전 군기가 빠졌군. 앉아, 일어서, 앉아,
일어서, 좌향좌, 우향우, 좌로 굴러, 우로 굴러, 앞으로 취침,
뒤로 취침…."

이런 사람, 이런 인재, 이런 인물은 이제 정신이 없습니다. 군기는
바짝 드는데 얼이 쏙 빠집니다. 뭐가 뭔지 알 수가 없습니다. 도대
체 나는 누구인가? 나는 어디서 왔나?

나는 누구인가? 이 질문에 답하는 두 가지 방법이 있습니다. 하
나는 더하기. 자기소개서처럼 이러쿵저러쿵 주저리주저리 자꾸 더
하는 겁니다. 또 하나는 빼기. 고참과 신병의 대화처럼 큰 데서 작
은 데로 자꾸 좁혀 들어가는 겁니다.

보통은 앞의 방법을 씁니다. 자꾸 더하지요. 성적을 올립니다. 학
력을 쌓습니다. 자격증을 보탭니다. 경력을 늘립니다…. 이제 나의

스펙은 최고지요. 내 이력서는 완벽합니다. 자기소개서는 화려합니다. 그래서 나는 누구인가? 나는 남들이 부러워하는 '엄친아'입니다.

나는 반듯한 직장에 들어갑니다. 거기서 성과를 올립니다. 인정을 받습니다. 중책을 맡습니다. 승진을 합니다. 연봉을 높입니다. 그래서 나는 누구인가? 나는 잘나가고 돈 잘 버는 야심만만한 직장인입니다.

나는 아름다운 여인과 결혼합니다. 이제 안팎에서 둘이 더합니다. 가정을 이룹니다. 살림을 키웁니다. 집을 넓힙니다. 재산을 불립니다. 아들딸을 좋은 학교에 보냅니다. '엄친아'를 만듭니다. 그래서 나는 누구인가? 나는 훌륭한 남편이자 아버지입니다.

이런 내가 다시 군대에 갔습니다. 그건 너무 끔찍한가요? 어쨌든 신병인 나에게 고참이 묻습니다.

"너는 누구냐?"

"김 아무개입니다."

"이름 말고 너는 누구냐?"

"○○ 회사의 부장입니다."

"부장 말고 너는 누구냐?"

"누구의 남편이고 누구의 아버지입니다."

"남편 말고, 아버지 말고 너는 누구냐?"

"나는 어떤 집안에서 태어나 어떤 학교를 나와 어떤 이력을 쌓았으며 어떤 성과를 올린…."

"그런 어떤 것 말고 너는 누구냐?"

"…"

나는 다시 얼이 빠집니다. 나는 누구인가? 살다 보면 정말 이럴 때가 있습니다. 갑자기 얼이 빠진 듯 내가 누구인지 종잡을 수 없을 때가 있습니다. 평생 많은 이력을 더해 왔지만 그중 어느 것 하나 속 시원하게 나를 말해 주지 않고, 그것들을 다 합해도 답이 나오지 않을 때가 있습니다. 그때 그 허무함! 나는 누구인가? 지금껏 무엇을 하고 무엇을 이루고 무엇이 되었든 도대체 나는 누구인가?

내가 나일 수 없는
100가지 이유

🍀

나는 결코 내가 아니리라

남을 따라만 다녔으므로
남을 흉내만 냈으므로
남을 닮으려고만 했으므로

남의 눈에만 맞췄으므로
남의 기대에만 부응했으므로
남의 인정에만 몸이 달았으므로

남의 생각만 논했으므로

남의 말만 따졌으므로
남의 행동만 살폈으므로

남이 가진 것만 부러웠으므로
남이 하는 일만 받들었으므로
남이 이룬 일만 우러렀으므로

학교에서 배운 것이 다 진짜인 줄 알았으므로
시험 성적이 전부인 줄 알았으므로
보고 듣고 읽은 것이 나를 어떻게 물들이는지 몰랐으므로
뭐든 나를 중독시키는 것에 붙잡혀 끌려다녔으므로

해야 할 일만 했으므로
필요한 일만 했으므로
긴급한 일만 했으므로
돈 버는 일에만 매달렸으므로

하고 싶은 일을 하지 않았으므로
하고 싶은 일을 뒤로 미루기만 했으므로
하고 싶은 일이 무엇인지도 모르므로

앞사람을 뒤쫓느라 정신없었으므로

뒷사람을 내치느라 정신 사나웠으므로

윗사람을 받드느라 속을 다 태웠으므로

아랫사람을 부리느라 폼만 잡았으므로

허구한 날 시시한 오락거리에만 희희덕거렸으므로

연속극의 결말과 주인공의 운명만 궁금했으므로

골 넣고 홈런 치고 메달 따는 선수만 환호했으므로

1명을 위한 99명의 들러리로 살았으므로

외로움을 견뎌 보지 않았으므로

그리움을 남겨 두지 않았으므로

고독을 피해 달아만 났으므로

도시의 편리에만 젖어 푹 퍼져 버렸으므로

휘황한 문명에만 취해 야생을 잊었으므로

내 다리로 걷고 뛰고 내 심장을 고동치게 하지 않았으므로

그러니까 내 길을 가지 않았으므로

내 멋에 살지 않았으므로

내 식으로 하지 않았으므로

무엇이든 제대로 음미해 보지 않았으므로

가슴 뛰는 삶을 펼치지 않았으므로
진정으로 사랑하지 않았으므로

그러나 이제 나는 아네
이런 모든 방황이 나를 찾아가는 길목이라는 것을
내 안을 들여다보라는 권유라는 것을
'나는 누구인가'를 묻는 속삭임이라는 것을

마침내 나는 그 속삭임을 듣네

나는 누구인가?
나는 누구인가?

내 안에서 고요히 울리는 질문
길 잃은 나를 진짜 나에게로 이끄는 영혼의 질문

나는 누구인가?
나는 누구인가?

나는 진품인가, 모조품인가?
나는 원본인가, 복사판인가?

나는 아직 나를 모르지만

내 길을 가고, 내 멋에 살고, 내 식으로 하는 걸음걸음이

거짓 나를 넘어 진짜 나에게로 가는 가슴 뛰는 삶이라는 것을

이제야 나는 알겠네

명함을 다
던져 버리니

✤

왕년에 기자 할 때는 넘치도록 명함을 주고받았습니다. 지금은 그럴 일이 없습니다. 그런 일이 있어도 난감합니다. 나에겐 명함이 없습니다.

어떤 분이 명함을 탁 내밉니다. 어떤 것은 눈에 쏙 들지요. '흠, 이거 책갈피로 쓰면 좋겠군!' 대개는 그저 그렇습니다. '이거 어디에 두나?' 명함을 받았으니 나도 드려야겠는데 드릴 게 없습니다. 조금 미안하지요. 나는 엉거주춤 이름을 밝힙니다. 전화번호라도 드릴까 눈치를 살핍니다. 그리곤 속으로 생각하지요. '나도 명함을 하나 팔까?'

그렇다면 명함엔 뭐라고 쓰나요? 달랑 이름과 전화번호만 쓰나요? 한 달에 한 번 쓰는 에세이 칼럼엔 '작은경제연구소장'이라는 직함을 써 왔는데 이를 옮기고 싶진 않군요. '작은 경제'를 지향하는 건 맞지만 그걸 연구하면서 살지는 않으니까요. 책을 서너 권 냈으니 '작가'라고 쓰면 어떨까 싶은데 역시 내키지 않습니다. 나는 평소에 '작가'라고 생각하며 살지 않기 때문이지요. 사실은 누구나 자기 삶의 작가이기도 합니다. 그런 측면에선 굳이 나만 작가인 척할 이유도 없습니다.

기자 시절에는 한 달에 명함 한 통이 부족했습니다. 그만큼 받는 명함도 많아서 명함철이 넘쳤습니다. 주기적으로 정리하고 관리하고 되새김하는 것도 일이었지요. 그러지 않으면 얼굴과 이름이 따로 놀아 얼굴은 알겠는데 이름이 안 떠오르거나 그 반대가 되곤 했습니다. 이 명함이 어디서 굴러왔는지 도무지 알 수 없는 경우도 많았지요.

명함으로 만나는 사이는 대개 금방 끝납니다. 일 때문에 서로 필요해서 만나는 것이기 때문에 용무가 사라지면 그것으로 끝입니다. 물론 어떤 만남에서도 배울 게 있겠지요. 서로가 서로의 거울이 될 수 있겠지요. 하지만 그러기에는 다들 너무 바쁘고 여유가 없습니다. 마음을 열고 정을 나누는 관계로 키울 수 없습니다. 아파트에 콕 박혀 살고, 성적과 실적에 매달려 살고, 일에 파묻혀 사는 우리들! 우리 관계는 겉으로만 넓고 얇게 퍼집니다.

도시를 떠나 산골로 오니 그 반대가 되는군요. 일로 얽힌 번다한 관계가 떨어져 나가는 대신 이웃과 사귀는 친밀한 관계가 맺어집니다. 관계가 좁고 깊어지는 거지요. 이웃끼리 만나는 데 구태여 명함을 주고받지 않습니다. 계급장 떼고 그냥 맨몸으로 만납니다. 그런데 나에겐 그게 어색했지요. 내세워 광고할 것도 없고, 매너나 교양 같은 것으로 가릴 것도 없는 내남 없는 만남들이 부담스러웠지요. 일 말고 정으로, 고객 말고 이웃으로, 남남 말고 우리로 만나는 일에 나는 무척 서툴더군요. 나의 만남은 늘 용무를 밝히는 자리였지 나를 드러내는 자리가 아니었던 겁니다.

그리고 마침내 바로 그 자리, 나를 드러내는 자리에 서서 나를 돌아봅니다. 당신과 만나려는 나, 그 나는 누구인가? 명함 한 장 없는 나는 누구인가? 당신과 만나기에 앞서 나는 나를 만난 적이 있던가? 내면의 나를 만나 사귀고 이해하고 사랑한 적이 있던가? 당신을 만났을 때 버벅대는 것은 드러낼 내가 누군지 모르기 때문이 아닌가?

하여 당신이 나를 막막하게 하는 건 얼른 나부터 만나라는 신호군요. 당신을 통해 나를 끄집어내고 당신의 거울에 비추어 보라는 뜻이로군요. 당신, 고맙습니다. 명함에 가려 우리는 만날 틈이 없었습니다. 명함이 뻐근해질수록 나는 나를 잊었습니다. 명함이 나인 줄 알았습니다. 이제 명함을 내려놓고 내가 누구인지 묻습니다. 번지르르한 명함을 다 던져 버리고 아무것도 내세울 게 없는 '노바디 nobody'가 될 때, 그때 비로소 내 안에서 나만의 '섬바디 somebody'가 드러나지 않을까요. 그때 비로소 당신과 나의 진정한 만남이 시작되지 않을까요.

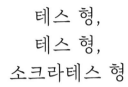

테스 형,
테스 형,
소크라테스 형

테스 형, 테스 형, 소크라테스 형! 카리스마 넘치는 일흔다섯 살의 노장 가수 나훈아. 그가 테스 형에게 묻는군요. 소크라테스 형에게 묻는군요.

"세상이 왜 이래? 왜 이렇게 힘들어? 사랑은 또 왜 이래? 세월은 또 왜 저래?"

테스 형은 뭐라고 답할까요? 그야 "너 자신부터 알라"고 하겠지요. 테스 형이 답합니다. 아마도 이렇게!

"세상을 묻지 말고, 사랑을 묻지 말고, 세월을 묻지 말고, 너 자신부터 물어라. 세상을 묻고, 사랑을 묻고, 세월을 묻는 너는 누구냐? 그런 너부터 물어서 너부터 알아라. 그러면 세상을 알고, 사랑을 알고, 세월을 알리라. 너는 더 이상 세상을 묻지 않고, 사랑을 묻지 않고, 세월을 묻지 않으리라. 너를 아는 그 순간에 그 모든 질문이 사라지리라. 수증기처럼 증발하리라. 너는 너를 옭아맨 수백수천 가지 질문에서 해방되어 깃털같이 가벼워지리라. 바람처럼 자유로워지리라. 그러니 부디 너 자신부터 알라. 너 스스로 답이 돼라."

테스 형은 이렇게 간절하게 "너 자신을 알라"고 당부하는데 아, 도대체 나는 누구인가요? 나는 누구인가요?

나는 누구인가? 오로지 이 한 가지 질문을 평생의 화두로 삼았던 인도의 유명한 명상가가 있지요. 라마나 마하리쉬(1879~1950)입니다. '침묵의 성자'라 불렸던 그에게도 이것저것 묻는 이가 많았습니다. 테스 형에게 묻듯 리쉬 형에게도 물은 거지요. 살짝 보시지요.

"왜 나를 깨달아야 합니까?"

"나를 깨닫는 것은 그 자체가 최종 목적입니다."

"제 말은 나를 깨닫는다고 무슨 소용이 있느냐는 것입니다."

"당신은 지금 상태에 만족하지 못하고 있군요. 나를 깨달으면 그런 불만족이 끝납니다."

"이 세상을 바꾸는 데 제가 일조할 수 있습니까?"

"먼저 당신 자신을 바꾸십시오. 그것이 세상을 바꾸는 것만큼 중요합니다."

"저는 세상에 뭔가 좋은 일을 하고 싶습니다. 그렇게 할 수 없을까요?"

"먼저 당신 자신에게 좋은 일을 하십시오. 결국 당신도 세상의 일부입니다."

내가 누구인지 깨닫도록 마하리쉬가 가르친 방법은 간단합니다. 네티 네티! 이것도 아니고 저것도 아니다! 예컨대 이런 식이지요.

뼈와 살로 이루어진 이 몸은 내가 아니다.
보고, 듣고, 냄새 맡고, 맛보고, 만지는 다섯 가지 감각기관은 내가 아니다.
생각하는 마음도 내가 아니다.
내면에 잠재되어 있는 무의식도 내가 아니다.
이 모든 것들을 '내가 아니다'라고 부정하고 나면 그것들을 지켜보는 각성만이 남는다.
그것이 바로 나다.

거짓된 것을 하나씩 걷어 냄으로써 진실된 것을 드러내는 소크라테스식 대화법과 아주 비슷하군요. 네티 네티! 나는 몸이 아닙니다. 느낌도 아닙니다. 생각도 아닙니다. 마음도 아닙니다. 내가 몸이 아니고, 느낌도 아니고, 생각도 아니고, 마음도 아님을 아는 그 알아차림, 그 각성이 바로 나입니다. 내 몸과 마음을 가만히 바라보고 있는 맑은 의식이 곧 나입니다.

과연 그런가요? 나는 모릅니다. 하지만 나는 이런 뺄셈이 좋습니다. 내가 더해 온 것들이 부질없음을 알았기에. 그것들을 뺄 때마다 진짜 내가 드러날 가능성이 높기에. 뺄셈을 할 때마다 숨 막히는 삶에 숨통이 트이기에.

100개의 질문 중
99개는 쓰레기다

🍀

"100개의 질문 중 99개는 쓰레기다."

인도의 명상가 오쇼 라즈니쉬의 일갈! 오쇼는 "99개의 이 질문 때문에 그대는 정말로 가치 있는 질문을 다룰 수 없다"고 합니다. "그대 주위의 99개의 소란, 외침이 너무 시끄럽기 때문에 그것들은 그대 안에서 진정한 질문이 일어나도록 허락하지 않는다"고 합니다.

> "참된 질문은 대단히 조용하고 고요한 작은 목소리이지만 진실이 아닌 질문들은 거창한 체하는 것들이다. 그런 것들 때문에 그대는 바른 질문을 할 수 없고 바른 답을 찾을 수 없다." [15]

지금 내 마음을 헤집는 100가지 문제 가운데 99개는 아무 문제가 아닙니다. 지금 내 골머리를 썩히는 100가지 질문 가운데 99개는 허튼 질문입니다. 오늘도 나는 쓸데없는 것들을 문제 삼아 질문을 던지고 답을 찾느라 죽을 맛입니다. 내 삶은 온통 쓰레기 밭입니다.

정말 그런가? 정말 그런 줄 안다면 나는 허섭한 문제와 질문 더미에서 헤어 나올 수 있겠지요. 쓰레기를 쓰레기로 알고도 아득바득 끌어안고 살지는 않을 것이기에. 내 삶의 쓰레기를 다 쓸어버린 그날, 그날은 얼마나 개운할까요?

삶은 단 한 개의 알짜 질문을 남기기 위해 99개의 부질없는 질문들을 솎아 내는 게임입니다. 나는 얼마나 솎아 냈을까? 오늘도 속 터지는 문제들이 수두룩하니 아직 멀었습니다. 오늘도 골 때리는 질문들이 끊이지 않으니 멀고 멀었습니다. 내 머리통은 지독한 쓰레기통입니다.

그나마 알았으니 다행이군요. 오늘도 열심히 솎아 내야겠습니다. 의미 없는 문제와 질문들을 미련 없이 솎아서 던져 버려야겠습니다. 혼잡한 머리통을 말끔하게 비워야겠습니다. 내 영혼이 나직하게 던지는 단 하나의 알짜 질문이 들려올 때까지!

오쇼는 "오직 진정한 질문이 남아 있는 경우 답은 멀지 않다"고 합니다. "그것은 반드시 질문 안쪽에, 질문의 바로 그 중앙에 있다"고 합니다. 그러니까 단 한 개의 고요한 질문만 남으면 게임은 거의 끝난 것이지요. 질문이 곧 답인 마지막 계단 앞에 선 것이니까요. 그때 나는 내 인생의 마스터일 겁니다.

사는 게
장난이냐?

사는 게 장난이냐?
장난입니다.

나는 장난감에 혹해 삽니다.
장난감에 홀려 삽니다.
어려서나 늙어서나 평생토록.

애들이 하는 짓을 보면 확실히 장난입니다.
애들이 갖고 노는 것을 보면 확실히 장난감입니다.

나도 저랬지요.

저 애들이 하는 짓이 꼭 내가 어렸을 때 하는 짓입니다.

애들은 장난을 쳐도 장난치는 줄 모릅니다.
애들은 장난감을 가지고 놀면서도 그게 장난감인 줄 모릅니다.

애들은 장난감에 빠져 있습니다.
장난감에 정신이 팔려 있습니다.

그러나 오래 가지 않습니다.
금방 싫증을 내고 다른 걸 찾습니다.

그것들은 원래 그러하기에.
잠깐의 흥미와 재미를 넘어서는 게 아니기에.
잠시 가지고 놀다가 바꾸는 게 장난감이기에.

그렇게 장난감을 바꾸며 나이를 먹습니다.
어른이 되어서도 나는 장난감을 놓치 않습니다.
장난감에 코를 박고 삽니다.

그러면서도 눈치채지 못합니다.
집안에 온통 장난감을 늘어놓으면서도 모릅니다.
삶을 마냥 장난으로 채우면서도 모릅니다.

애들처럼 애들처럼.

바비인형이 샤넬과 구찌로 바뀌어도
세발자전거가 벤츠와 아우디로 바뀌어도
사탕과 과자가 술과 담배로 바뀌어도
소꿉놀이가 집과 별장으로 바뀌어도
전쟁놀이가 총과 대포로 바뀌어도

장난은 언제나 장난이고
장난감은 언제나 장난감일 뿐.

틈만 나면 스마트폰을 만지작거리는 것이나
허구한 날 TV 채널을 돌리는 것이나
눈알이 빠지도록 인터넷 게임을 하는 것이나
입이 아프도록 수다를 떠는 것이나

장난은 언제나 장난이고
장난감은 언제나 장난감일 뿐.

그것들은 나를 충족시키지 않습니다.
그것들은 원래 그러하기에.
잠깐의 흥미와 재미를 넘어서는 게 아니기에.

기쁨과 감동으로 나를 물들이는 게 아니기에.

그 옛날 내가 가지고 놀던 장난감은 다 어디로 갔나?
그것은 지금도 내게 중요한가?

그것이 어디로 갔든 나는 상관하지 않습니다.
그것이 없다고 나는 울고불고하지 않습니다.

하지만 지금 쥐고 있는 장난감을 놓치면 울고불고하겠지요.
나는 그것에 혹해 있기에, 홀려 있기에, 빠져 있기에, 정신이 팔려
있기에.
나는 지금 내가 무엇을 가지고 무슨 짓을 하는지 하나도 모르기에.

자기가 무엇을 가지고 노는 줄 모르고 만지는 물건은 다 장난감
입니다.
자기가 무엇을 하는지 모르고 하는 짓은 다 장난입니다.
자기가 누구인지 모르고 사는 이는 다 애들입니다.

그러니 사는 게 장난이냐고 함부로 삶을 탓하지 마세요.
바로 내 삶이 장난 아닌가요?

빠른 마음은
병들어 있다

A mind that is fast is sick, A mind that is slow is sound, A mind that is still is divine.

빠른 마음은 병들어 있다. 느린 마음은 건강하다. 고요한 마음은 신성하다.

— 메허 바바Meher Baba

내 마음은 어떤가? 내 마음은 병들었습니다. 내 마음은 빠른 마음입니다. 내 마음은 무턱대고 달립니다. 쉬지 않고 달립니다. 앞만 보고 달립니다.

한 백인 탐험가가 원주민 짐꾼들을 앞세워 아프리카 밀림을 가로지르고 있습니다. 며칠을 재촉하니 짐꾼들이 갑자기 멈추고 더 나아가지 않습니다. 탐험가가 다그치자 그들이 답하지요. "우리는 너무 빨리 왔다. 이제 우리의 영혼이 따라올 수 있도록 기다려야 한다." 아메리카 인디언 또한 말을 타고 가다가 이따금 멈추고 뒤돌아본다고 하지요. 그들 역시 영혼이 따라올 시간을 주고 있는 겁니다.

하지만 나는 기다릴 수 없습니다. 뒤돌아볼 수 없습니다. 나는 바쁩니다. 빨리 가야 합니다. 한가한 얘긴 나중에 합시다. 에크낫이스워런은 "현대 문명은 스피드광을 낳았다"고 하지요. 그리고 "이 광증은 일종의 전염병이어서 수많은 사람들이 그 병에 걸려 있다"고 합니다. 나도 그 병에 걸려 있지요. 내 마음은 스피드광입니다. 속도에 중독되어 있습니다.

물론 내 마음에도 브레이크가 있습니다. 그러나 내 마음은 브레이크를 밟을 줄 모릅니다. 오로지 가속 페달만 밟습니다. 내 마음은 얼른 저기로 가야 합니다. 얼른 저들을 제쳐야 합니다. 내 마음은 잘못 길들인 말입니다. 욕망을 미끼로 질주 본능만 부풀린 경주마입니다. 내 마음은 신호만 주면 튕겨 나갑니다. 오로지 결승선을 향해 내달립니다. 그것은 목표만 봅니다. 순위만 겨룹니다. 승리만 갈구합니다.

하지만 내 마음도 이제 고단하군요. 나는 그만 달리고 싶습니다. 천천히 거닐고 싶습니다. 그렇다면 그만 달리기로 하지요. 천천히 거닐기로 하지요. 나는 그럴 수 있습니다. 내 마음은 내 것이니까 내가 다스릴 수 있습니다. 지금껏 거칠고 험한 세상이 내 마음의 고삐를 쥐고 흔들었습니다. 겁나게 몰아대는 세상이 내 마음의 브레이크를 걸어 잠갔습니다. 이제 내 마음의 운전석에 내가 앉아야겠습니다. '한반도 운전자론'만 외치지 말고 내 마음의 운전자론도 외쳐야겠습니다.

내 마음의 고삐는 내 것이니까 내가 쥘 수 있습니다. 내 마음의 브레이크도 내 것이니까 내가 밟을 수 있습니다. 오직 나만이 내 마음을 다시 길들일 수 있습니다. 돌이켜 보면 내 마음에게 천천히 걷는 법을 가르치지 않았습니다. 가만히 쉬는 법을 훈련시키지 않았습니다. 재빨리 달리는 법만, 쉼없이 내달리는 법만 수십 년 가르치고 훈련시켰습니다.

천천히 걷기는 쉽습니다. 머물러 쉬기는 더 쉽습니다. 어렵고 힘든 건 죽도록 달리는 거지요. 그런데도 걷고 쉬기가 달리기보다 어렵다면 내 마음이 병들었기 때문입니다. 내 마음이 잘못 길들어 속도에 중독됐기 때문입니다. 나는 이 중독을 끊어야 합니다. 가장 쉬운 걸 가장 어렵게 만들어 다시 쉬워지기가 어려워진 이 고약한 광증!

빠른 마음은 나를 버리고 허겁지겁 달아나는 마음입니다. 내 영혼을 따돌리고 미친 듯이 나대는 마음입니다. 느린 마음은 나와 더불어 천천히 거니는 마음입니다. 느긋하게 일상과 주변을 즐기는 마음입니다. 고요한 마음은 내 안의 영혼과 하나되는 마음입니다. 지금 이 순간에 깃든 평화와 풍요를 누리는 마음입니다. 내 마음을 늦출수록 나는 영혼과 함께합니다. 내 마음을 멈출수록 나는 신성해집니다.

에크낫 이스워런은 "축구, 체조, 스키, 스케이팅 등 어떤 신체적 기술이라도 노련한 강사의 지도 하에 꾸준히 훈련하면 습득할 수 있듯이 훈련을 통해 마음을 다스리는 법도 배울 수 있다"고 하지요. 다음은 노련한 명상 교사인 그가 『마음의 속도를 늦추어라』라는 책에서 제안하는 마음 훈련법! 내 나름대로 간추리고 손질하니 열 가지군요. 지금부터 단단히 각오하고 속도에 중독된 마음을 고쳐 보시지요. 내 마음이 편히 쉴 수 있도록! 내 영혼이 따라와 동행할 수 있도록!

1. 평소보다 30분 일찍 일어나 하루를 여유있게 시작하세요. 아침부터 시간에 쫓기지 마세요.

2. 맨 먼저 마음을 가다듬고 10분 동안 명상을 하세요.

3. 어떤 약속이든 10분 일찍 도착할 수 있도록 움직이세요.

4. 하루 서른 가지 일을, 스무 가지로, 열 가지로 줄여 나가세요.

5. 한 번에 둘 이상의 일을 하지 마세요. 한 번에 하나씩 집중하세요.

6. 사소한 일에도 세심한 정성을 기울이세요.

7. 함께 일하는 사람들을 몰아대지 마세요.

8. 아이들을 바쁘게 돌리지 마세요.

9. 마음이 조급해질 때마다 달랠 수 있는 나만의 주문을 외우세요.

10. TV 보는 시간을 줄이고 또 줄이세요.

당신들에게는 시계가 있지만
우리들에게는 시간이 있다

"당신들에게는 시계가 있지만 우리들에게는 시간이 있다."

아프리카를 여행하는 유럽의 탐험가들에게 원주민들이 이렇게 말했다고 합니다. 눈에 선하군요. 열나게 바쁜 문명인과 속 터지게 느긋한 자연인!

나에겐 뭐가 있나? 예전엔 시계가 있었습니다. 그때는 시간을 팔아 시계를 샀습니다. 값비싼 시계를 사느라 황금 같은 시간을 다 팔았습니다. 나에겐 명품 시계가 있었습니다. 그러나 시간이 없었습니다. 놀 시간, 쉴 시간, 사귈 시간, 누릴 시간이 없었습니다. 결국 살 시간이 없었습니다. 나는 시간 없는 시계 부자였습니다.

지금은 시간이 있습니다. 나는 시계를 내던지고 시간을 잡았습니다. 이제 시간이 많습니다. 귀한 시간이 아주 많습니다. 하지만 시계가 없습니다. 나는 시계 없는 시간 부자입니다. 나의 시간은 시계 없는 시간입니다. 이슬로 깨어 노을로 지는 태양의 시간입니다. 헨리 데이비드 소로처럼 '봄과 함께 파릇파릇해지고 가을과 함께 노랗게 익어 가는' 계절의 시간입니다. 배고플 때 먹고 졸릴 때 자는 몸의 시간입니다. 이제는 자고 일어날 시간을 기계가 강요하지 않습니다. 밥 먹고 일할 시간을 숫자가 지시하지 않습니다.

당신은 어떤가요? 날마다 일에 쫓기고 밀리면 당신은 시간 없는 시계 부자입니다. 당신은 시계가 가리키는 대로 빠듯한 시간을 맞추며 살아야 합니다. 시계의 노예가 되어 시간을 쪼개고 짜내야 합니다. 남는 시간이 하나도 없을 때까지, 해가 지도록, 날이 새도록, 허둥지둥, 허겁지겁, 헐레벌떡.

일에 치이지 않고 널널하면 당신은 시계 없는 시간 부자입니다. 당신은 시계에 매이지 않습니다. 오직 마음에 매입니다. 당신은 넘치는 시간을 마음대로 요리할 수 있습니다. 당신은 시간을 쥐어짤 필요가 없습니다. 대신 시간과 어울릴 수 있습니다. 시간 속으로 들어가 시간을 누리고 시간의 비밀을 깨칠 수 있습니다. 시간을 넘어 시간이 사라지는 '영원한 지금 이 순간'의 문도 바로 이때 열리겠지요.

나는 시간을 시계로, 돈으로, 성공으로 바꿀 수 있습니다. 또는 놀이로, 기쁨으로, 신비로 바꿀 수 있습니다. 앞의 것을 원한다면 시간을 팔아 시계를 사세요. 빛나는 황금 시계를 차세요. 뒤의 것을 원한다면 시계를 내던지고 시간을 잡으세요. 시계의 사슬에서 시간을 풀고 당신이 시간의 주인이 되세요. 당신이 당신에게 시간을 주고 삶의 소소한 기쁨을 누리세요. 선택은 언제나 당신의 마음입니다.

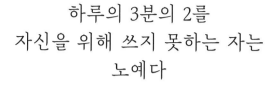

하루의 3분의 2를
자신을 위해 쓰지 못하는 자는
노예다

"어느 시대에도 그랬듯이 오늘날에도 모든 인간은 노예와 자
유인으로 나뉜다. 왜냐하면 하루의 3분의 2를 자신을 위해 쓰
지 못하는 자는 노예이기 때문이다."

니체가 이런 말을 했군요. 『인간적인 너무나 인간적인』이란 책에
서입니다. 그때가 1880년 즈음인데 지금이라고 다를 건 없겠지요.
그럼 나는 어느 쪽인가? 노예인가, 자유인인가?
자유인입니다. 하루의 3분의 2 이상을 나를 위해 쓰니까요. 그러
기 위해 남보다 먼저 일을 내려놓고 산골로 왔습니다. 지금 읽고 쓰
고 걷는 일상은 모두 내가 좋아서 하는 일입니다. 이 일은 남에게
폐를 끼치지 않습니다. 세상에 해롭지 않습니다. 나아가 조금이라

도 이롭기 바랍니다.

산골로 오기 전에는 아니었지요. 오랫동안 아니었지요. 나는 일에 매여 살았습니다. 하루의 3분의 2 이상을 일에 매여 살았습니다. 그 전에는 공부와 시험에 매여 살았습니다. 그것들은 내가 원하는 일이 아니었습니다. 나를 행복하게, 나를 충만하게 하는 일이 아니었습니다. 그렇다고 마음 놓고 내려놓을 수도 없는 일이었습니다. 하여 나는 노예였습니다. 오랫동안 노예였습니다.

세상은 나를 노예로 부려 먹었습니다. 하지만 나를 노예로 가둔 자는 결국 나였습니다. 내가 갇힌 곳은 뜨거운 욕망의 감옥이었습니다. 10여 년 전 어느 날 나는 노예의 사슬을 끊었습니다. 욕망의 굴레에서 스스로 걸어 나왔습니다. 그리고 맞은 해방과 자유! 나는 자유인이 된 거지요.

아직도 끈끈한 노예 근성이 저변에 남아 가끔씩 나를 흔듭니다. 돈 좀 더 벌어야 하는 거 아니야? 뭐라도 이름값을 해야 하는 것 아니야? 그러나 나는 압니다. 이런 유혹들이 열에 아홉은 노예의 굴레라는 것을. 나를 욕망의 감옥에 가두는 질긴 사슬라는 것을.

예쁘지 않아도
괜찮습니다

🍀

　예쁘지 않아도, 아름답지 않아도, 뚱뚱해도 그냥 생긴 대로 살기로 한 배리나.

　그녀가 짙은 화장을 지웁니다. 찰랑찰랑한 머리카락을 자릅니다. 살인적인 다이어트를 멈춥니다. 틈만 나면 거울을 들여다보는 버릇을 버립니다. 몸매가 아니라 건강을 위해 덜 먹고 더 운동합니다. 편하고 헐렁한 옷을 입습니다.

　그리고 웃습니다. 짧은 머리 '생얼'로 미소 짓습니다. 그 모습이 예쁘군요. 설령 예쁘지 않아도 무슨 상관인가요? 스스로 좋아서 웃고 있는데. 그녀는 지금 '탈코르셋'을 하고 있습니다. 자신이 할 수 있는 수준에서 탈코르셋을 결심하고 실천하는 중입니다.

탈코르셋! 예쁘게 보이려고 억지로 꾸미지 않겠다는 결심

여성에게 강요되는 부당한 외모 기준에 휘둘리지 않겠다는 각오

외모 지상주의에 물든 세상에 당당히 맞서겠다는 선언

그렇다고 코르셋의 덫이 여성에게만 있는 건 아니지요. 남자든 여자든 남에게 잘 보이려고 꾸미는 일은 그것이 무엇이든 다 코르셋입니다. 나에게 옷을 맞추지 않고 옷에게 나를 맞추는 짓은 그것이 무엇이든 다 코르셋입니다.

그뿐인가요? 디오게네스에게는 눈부신 부귀영화가 다 코르셋이고, 노자와 장자에게는 휘황한 문명이 다 코르셋이고, 붓다에게는 욕망으로 물든 마음이 다 코르셋일 겁니다.

사실 나의 코르셋도 장난이 아닙니다. 나 또한 탈코르셋이 시급합니다. 거울 앞에서 머리를 매만지고 매무새를 살필 때마다, 옷장에서 옷을 고르고 맵시를 부릴 때마다 나는 어떤 코르셋을 얼마나 겹겹이 두르는가? 남들의 시선을 의식하고 남들의 기대에 따를 때마다, 남들의 인정에 매달리고 남들의 칭찬에 우쭐할 때마다 내 마음은 어떤 코르셋에 얼마나 단단히 옥죄이는가?

나 또한 무수한 나의 코르셋을 알아차리고, 지금 내가 할 수 있는 수준에서 탈코르셋을 결심하고 실천해야 합니다. 숨 막히게 나를 에워싼 코르셋을 벗어던질 때마다 나는 더 자유로워지겠지요. 내 위에 덧칠한 화장발을 지울 때마다 나는 더 자연스러워지겠지요. 그리고 어쩌면 더 예뻐지겠지요. 설령 예쁘지 않아도 무슨 상

관인가요. 스스로 좋아서 웃고 있을 텐데.

배리나가 유튜브에 올린 〈나는 예쁘지 않습니다〉는 다음과 같은 말로 마감합니다.

"저는 예쁘지 않습니다. 그러나 예쁘지 않아도 괜찮습니다. 남의 시선 때문에 자신을 혹사시키지 마세요. 미디어 속의 이미지와 나를 비교하지 마세요. 당신은 그 존재 자체가 특별합니다. 그 아무도 당신을 해쳐서는 안 됩니다. 아름답지 않아도 날씬하지 않아도 됩니다. 남들로 인해 꾸며진 내가 아닌 온전한 나 자신을 찾으세요. 늘 응원하겠습니다."

저 앞에서 응원하고 있는 예쁜 배리나에게 감사!

'있음' 스위치와
'없음' 스위치

행복을
원하기 때문에
불행하다

"인간은 행복을 원하기 때문에 불행하다."

그럴 리가? 그렇다면 행복을 바라지도 말라는 말인가요?

그렇습니다. 그런 말입니다. 인도의 명상가 오쇼 라즈니쉬는 "인간은 행복해지기를 원하고, 그럼으로써 불행을 창조한다"고 지적합니다. 그러니까 "불행에서 벗어나기를 원한다면 행복에 대한 욕구에서도 벗어나라"고 당부하지요.

"행복을 바라는 순간에 그대는 현재로부터 떠났다. 그대는 존재로부터 떠났다. 그 어디에도 없고 아직 오지도 않은 미래로 옮겨가 버렸다. 그대는 꿈속으로 옮겨갔다. 그런데 꿈은 절대로 충족되지 않는다. 행복에 대한 욕구는 꿈이다. 꿈은 실재가

아니다. 꿈을 통해서는 아무도 실재에 도달할 수 없다. 그대는

기차를 잘못 탔다." [16]

나는 '행복열차'를 탔습니다. 그런데 엉뚱한 곳으로 달려갑니다. 행복은 스쳐 가고 불행만 다가옵니다. 혹시 잘못 탔나? 내려서 다시 탑니다. 하지만 이번에도 이상합니다. 가도 가도 행복은 보이지 않습니다. 돌이켜 보면 늘 이런 식이었습니다. 도대체 '행복열차'는 어디서 타나요? '행복역'은 어디에 있나요?

행복역은 '지금 여기'에 있습니다. '다음'이 아니라 '지금', '저기'가 아니라 '여기'에 있습니다. 그러니까 어디로 달려가면 안 됩니다. 어떤 열차든 올라타면 행복에서 멀어집니다. 나는 방금 행복역을 떠났으니까요. 나는 어디든 갈 필요가 없습니다. 지금 여기에서 행복을 찾아 누리면 그만입니다. 행복열차는 없습니다. 그것은 가짜입니다. 꿈입니다. 환상입니다. 덧없는 욕망의 질주입니다.

오쇼는 "그대는 불행해질수록 행복을 더 추구하고, 행복을 바랄수록 더 불행해진다"고 합니다. "이것은 제 꼬리를 물려고 드는 개의 어리석음과 같다"고 합니다. 행복을 바랄수록 불행이 다가오는 이 역설! 행복의 욕구가 불행의 씨앗이 되는 이 딜레마!

결국 내 욕망이 불행을 창조하지요. 욕망은 오로지 '다음 저기'를 향해서만 달립니다. 그러나 행복은 '지금 여기'에 있습니다. 다음 말고 지금, 저기 말고 여기에 있습니다. 행복은 창조되지 않습니다. 그냥 드러납니다. 지금 여기에서 그냥 드러나는 행복을 알아차리면

언제나 행복합니다. 그런데 나는 지금 여기의 행복을 놓치고 다음 저기에서 행복을 창조하려고 하지요.

오늘도 나는 '행복'이라는 이름의 열차를 타고 행복역을 떠납니다. 나의 행복열차는 쉬지 않고 달립니다. 거친 욕망을 불태우며 숨 가쁘게 달립니다. 내 마음은 끝도 없이 다음 역을 더듬습니다. 숱한 역들을 스치며 차창 밖으로 석양이 집니다. 아, 행복은, 내 행복은 어디에? 저 노을 저리 아름다운 것을!

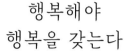 행복해야
행복을 갖는다

1.

왜 사나?

글쎄, 왜 사나?

답이 없기도 하고, 너무 많기도 합니다. 그러니 뭉뚱그려 이렇게
답하기로 하지요.

"행복하려고!"

무슨 일을 벌이고 무슨 일을 이루든 행복하지 않으면 아무 소용
없습니다. 잘못 사는 겁니다. 이럴 때 불쑥불쑥 이런 질문이 튀어
나오지요. 왜 사나?

지금 행복한가요? 그렇다면 잘 사는 겁니다. 이럴 때는 누구도 왜

사는지 묻지 않습니다. 그러니까 왜 사는지 묻는 분은 지금 행복하지 않은 겁니다. 잘못 사는 겁니다. 어디선가 삶이 빗나간 겁니다.

나는 지금 행복합니다. 그래서 무슨 일을 하든 기분이 좋고, 기분이 좋으니 행복합니다. 물론 기분 나쁜 일도 있습니다. 하지만 원래 기분이 좋으니까 잘 넘어가게 됩니다. '그러려니' 하니 마음이 풀리고, '다른 이유가 있겠지' 하니 이해가 됩니다. '사실은 나도 그렇지' 하니 용서가 되고, '나도 배울 게 있어' 하니 기분이 좋아집니다. 기분이 좋아지니 다시 행복해집니다. 행복의 선순환이지요.

이제 반대를 볼까요. 나는 지금 행복하지 않습니다. 그래서 무슨 일을 하든 기분이 나쁘고, 기분이 나쁘니 행복하지 않습니다. 물론 기분 좋은 일도 있습니다. 하지만 원래 기분이 나쁘니까 잘 받아들이지 못합니다. '나에게 이런 복은 없어' 하니 마음이 닫히고, '저게 오래 가겠어' 하니 불안해집니다. '무슨 꼼수가 있겠지' 하니 의심이 가고, 꼬치꼬치 따지다 보니 기분이 나빠집니다. 기분이 나빠지니 다시 불행해집니다. 불행의 악순환이지요.

> "삶은 '되기-하기-갖기'의 패러다임 속에서 기능한다. 대부분의 사람은 이것을 거꾸로 한다. 우선 무언가를 '가져야' 어떤 것을 '할 수 있고' 그래야 바라는 대로 '된다'고 상상한다. 이 과정을 거꾸로 하는 것이 삶에서 마스터 수준을 경험하는 가장 빠른 길이다." [17]

이 말은 닐 도널드 월쉬가 신에게 들은 말입니다. 월쉬는 『신과 나눈 대화』란 책으로 유명해진 사람이지요. 그가 정말 신과 이야기를 나누는지 나는 모릅니다. 하지만 그가 전하는 말에서 신성을 느끼곤 합니다. 앞의 말도 그런 것 중의 하나입니다. 당신은 어떤가요? 아래 두 경우 중 어느 쪽인가요?

> 1. 행복해야 행복을 갖는다.
> 2. 행복을 가져야 행복하다.

1번이면 '되기-하기-갖기'를 고른 겁니다. 나는 지금 행복합니다. 그래서 즐겁게 살고 행복한 것들을 거둡니다. 행복의 선순환이지요. 2번이면 반대입니다. '갖기-하기-되기'를 고른 겁니다. 나는 지금 행복을 갖지 못해 불행합니다. 그래서 불만과 불평 속에 살고 불행한 것들을 거둡니다. 불행의 악순환이지요.

이런 나는 묻고 또 묻습니다. 왜 사나, 왜 사나, 왜 사나? 이럴 때 내가 할 일은 얼른 삶의 순서를 뒤바꾸는 겁니다. '갖기-하기-되기'로 살던 것을 '되기-하기-갖기'로 사는 거지요. 신은 말합니다. 이렇게 거꾸로 뒤집는 것이야말로 삶에서 행복의 달인이 되는 가장 빠른 길이라고. 왜 사나, 왜 사나, 왜 사나, 자꾸 묻지만 말고 지금 당장 행복하게 잘 살라고. 그러면 왜 사는지 더 이상 물을 것도 없다고.

2.

내가 원하는 것을 '갖는' 가장 빠른 방법은 내가 원하는 것이 '되는' 겁니다. 무슨 말이냐구요? 사랑을 원하나요? 그럼 사랑이 되세요. 그러면 모든 것이 사랑스럽습니다. 평화를 원하나요? 그럼 평화가 되세요. 그러면 모든 일이 평화롭습니다. 행복을 원하나요? 그럼 행복이 되세요. 그러면 모든 삶이 행복합니다. 다시 한번 묻습니다. 아래 두 경우 중 어느 쪽인가요?

1. 되어야 갖는다.
2. 가져야 된다.

1번이면 '되기-하기-갖기'를 고른 겁니다. '비잉being-두잉doing-해빙having'의 순입니다. 나는 지금 행복해서 행복한 것들을 거둡니다. 2번이면 '갖기-하기-되기'를 고른 겁니다. '해빙having-두잉doing-비잉being'의 순입니다. 나는 지금 행복에 필요한 것들을 갈구하느라 행복하지 않습니다. 되느냐, 갖느냐? 존재냐, 소유냐? 어느 쪽을 고를지 선택은 자유입니다. 대신 결과를 책임져야 합니다.

내가 원하는 것은 사랑입니다. 평화입니다. 행복입니다. 그 중에서도 평화입니다. 그럼 어떻게 평화를 얻을까요? 평화에서 시작하면 됩니다. 마음을 평화롭게 가지면 평화로운 일을 하고 평화로운 세상을 이룰 수 있습니다.

다들 평화를 원합니다. 평화를 외칩니다. 평화로운 세상을 만들자고 호소합니다. 그런데 도무지 세상이 평화롭지 않습니다. 오히려 그 반대입니다. 미움과 증오, 대립과 갈등, 분노와 폭력이 만연합니다. 오늘도 어디선가 폭탄이 터지고 총알이 난사될지 모릅니다. 백주 대로에 살점이 튀고 검붉은 피가 흥건할지 모릅니다. 왜 그런가요? 아무도 평화에서 시작하지 않기 때문입니다. 마음에 미움과 분노와 적의를 품고 복수심에 가득 찬 일들을 벌이기 때문입니다. 미움과 분노와 적의에서 시작하면 당연히 그런 끔찍한 세상을 갖게 됩니다.

진정 평화를 원하나요? 그렇다면 내 마음속의 미움과 분노와 적의부터 내려놓아야 합니다. 나부터 평화에서 시작해야 합니다. 말처럼 쉽지는 않겠지요. 그래도 그 방법밖에 없습니다. 평생 비폭력의 길을 지키며 인도 독립을 이끌었던 간디는 그의 자서전에서 고백합니다.

> "경험에 의하면 온건함은 사티아그라하(비폭력 저항)에서 가장 어려운 것이다. 여기서 온건함이란 다만 말을 공손히 하는 외양적인 것이 아니라 속으로도 공손히 하고 저쪽에 대해 선을 행하는 것을 말하는 것이다. 이것이 사티아그라하를 하는 사람의 모든 행동에서 나타나야 한다." [18]

평화로운 마음을 이 정도로 뼛속 깊이 새겨야 어떤 상황에서든 평화에서 우러나는 일을 하고 평화로운 세상을 이룰 수 있을 겁니다. 아무리 그래도 내 마음이 평화롭지 않은데 어쩌란 말이냐? 이에 대해 신의 메신저, 월쉬는 답합니다.

가진 체하라!
가진 것처럼 행동하라!

그래도 되는 것이 나는 이미 갖고 있기 때문이랍니다. 갖고 있지만 깜박 잊고 있을 뿐이기 때문이랍니다. 나는 이미 사랑을 갖고 있고, 평화를 갖고 있고, 행복을 갖고 있다는 거지요. 그러니 가진 것처럼 행동하면 깜빡 잊은 그것을 다시 기억해 낼 수 있다는 겁니다.

"당신은 이미 행복을 가지고 있고, 이미 만족을 가지고 있고, 이미 사랑을 가지고 있으며, 이미 풍요로움과 평화, 기쁨, 지혜, 신의 다른 모든 측면을 가지고 있다. 모든 것이 당신 안에 저장되어 있다. 그것이 '진정한 당신'이다. 그것들이 진정한 당신들이다. 당신은 그것들을 다른 곳에서 찾을 필요가 없다. 당신 안의 자기로부터 밖으로 꺼내기만 하면 된다. 당신은 진정 당신이 되기만 하면 된다." [19]

월쉬는 "영적이고 즐거운 삶을 위해 '되기-하기-갖기'의 패러다임보다 더 강력하고 실용적으로 사용하기 쉬운 도구를 본적이 없다"고 자신합니다. '되기-하기-갖기'의 패러다임에서 가진 척하는 것은 자신을 속이거나 옥죄는 것이 아닙니다. 원래 가진 것을 기억하고 드러내는 과정입니다. 사랑과 평화와 행복이 가득한 본래의 나를 일깨워 알아차리는 수행입니다. 이런 수행이 봄과 마음에 깊이 배이면 나는 언제나 사랑과 평화와 행복에서 시작할 수 있을 겁니다. 늘 사랑스럽고 평화롭고 행복할 겁니다.

그렇기에 나는 묻습니다. 되고 하고 갖기냐, 갖고 하고 되기냐? 되느냐, 갖느냐? 존재냐, 소유냐? 어느 쪽이 먼저냐? 어느 쪽을 고르겠느냐? 그리고 다짐합니다.

사랑에서 시작하라. 사랑을 원한다면 먼저 사랑하라.

평화에서 시작하라. 평화를 원한다면 먼저 평화로우라.

행복에서 시작하라. 행복을 원한다면 먼저 행복하라.

두 개의 스위치

1.

여행자와 목동이 나누는 대화 한 토막.

> 여행자: 오늘 날씨는 어떨 것 같습니까?
>
> 목동: 내가 좋아하는 날씨가 될 것입니다.
>
> 여행자: 그걸 어떻게 아시죠?
>
> 목동: 나는 내가 좋아하는 것만을 항상 얻을 수는 없다는 사실
> 을 깨달았습니다. 그래서 내가 얻은 것을 항상 좋아하자고 결
> 심했지요. 그러니 오늘 날씨가 어떻더라도 내가 좋아하는 날씨
> 가 되는 거죠.

　보통 목동이 아닌가 봅니다. 도 닦는 목동, 도 통한 목동인가 봅니다. 이 목동에게 날씨는 물어봤자입니다. 안 좋은 날이 없을 테니까요. 다른 것도 물어봤자입니다. 안 좋은 게 없을 테니까요. 자신이 얻은 것을 항상 좋아하기로 결심한 사람에게 안 좋은 것을 안길 방법은 없습니다. 전혀!

　내가 좋아하는 것만 골라서 얻을 순 없는 게 인생이지요. 그런데도 인생은 즐거울 수 있는 거군요. 내가 얻은 것을 항상 좋아하기로 결심만 하면. 그 결심 하나가 인생을 바꿉니다. 그 결심 하나가 모든 불행한 것들을 날려 버립니다. 내가 얻은 것을 항상 좋아하기로 결심한 이상 나에게 안 좋은 것을 안길 방법은 없습니다. 전혀!

　2011년, 기자 일을 던지고 이듬해 산골로 올 때 나는 그만 벌기로 결심했습니다. 돌이켜 보니 그때 나는 내가 얻은 것을 항상 좋아하기로 결심한 것이었습니다. 이미 가진 것에 만족하면서 그 안에서 편히 살기로 작정했으니까요. 그래서 지난 10여 년간의 백수 생활이 그리 즐거웠나 봅니다. 지난 10여 년이 내 인생의 황금기였나 봅니다.

　이제 분명히 알 것 같습니다. 내 안에는 언제나 두 개의 스위치가 있습니다. 하나는 지금 있는 것을 좋아하는 '있음' 스위치입니다. 또 하나는 지금 없는 것을 아쉬워하는 '없음' 스위치입니다. 둘 중 어느 스위치를 켤 것인가? 그건 내 마음입니다. 언제 어디서든, 어떤 상황에서든 나에겐 있음과 없음 스위치 중 하나를 고를 양자택일의 자유가 있습니다.

두 스위치에 대해 조금 더 설명하겠습니다. '있음'은 내가 지금 가진 것에 주목하는 겁니다. 지금 가졌으므로 '있음'입니다. 갖고 있으니 좋습니다. 만족합니다. 감사합니다. 행복합니다. '없음'은 지금 없는 것에 주목하는 겁니다. 아직 갖지 못했으므로 '없음'입니다. 갖고 있지 않으니 좋을 수 없습니다. 만족할 수 없습니다. 감사할 수 없습니다. 행복할 수 없습니다.

그럼 어느 스위치를 켤 것인가? 당연히 '있음' 스위치를 켜야지요. 사실은 숨만 잘 쉬어도 '있음' 스위치를 켤 수 있습니다. 나는 지금 생생하게 살아 있으니까요. 그런데 도무지 그러지 않습니다. 나는 언제나 '없음' 스위치를 켭니다. 항상 지금 없는 것에 주목합니다. 있어도 택도 없다며 "더 더 더"를 외칩니다. 아무리 많아도 아직은 아니라며 조금 더를 탐합니다. 그래서 늘 부족함을 느끼고 애가 탑니다. 평생 이런 식으로 욕망의 수레바퀴를 굴리며 살았습니다. 내 인생은 늘 부족했습니다.

나는 습관적으로, 자동적으로, 고질적으로 '없음' 스위치를 누릅니다. 그러나 내게는 '있음' 스위치도 있습니다. 나는 언제 어디서나, 어떤 상황에서나 '있음' 스위치를 누를 수 있습니다. 숨만 쉬어도 '살아 있음'의 스위치를 누를 수 있습니다. 그러기 위해 내가 얻은 것을 항상 좋아하기로 결심할 수 있습니다. 그것은 위대한 결심입니다. 그 결심 하나로 인생이 바뀝니다. 지금 당장 좋아지고, 무조건 좋아지고, 죽을 때까지 좋아집니다. 누구도 나에게 불행을 안길 수 없습니다. 전혀!

2.

여기 두 사람이 있습니다. '비두하'와 '하두비'. 누구냐구요?

비두하는 지금 있는 것에 만족해서 늘 '있음' 스위치를 켜고 사는 행복한 사람입니다. 하두비는 지금 없는 것에 매달려서 늘 '없음' 스위치를 켜고 사는 불행한 사람입니다. 당신은 누구입니까? 누구이고 싶습니까?

우리는 대부분 하두비입니다. 늘 '없음' 스위치를 켜고 살지요. 없는 걸 갖겠노라 애쓰느라 고달프게 살지요. 하두비의 삶은 '해빙having-두잉doing-비잉being'의 순으로 전개됩니다. 그는 삶의 세 측면인 존재, 행위, 소유 가운데 소유를 가장 우선합니다. 소유가 행복의 전제조건이지요. 그래서 해빙을 맨 앞에 둡니다. 하지만 어쩌나요. 그게 바로 함정인 것을. 그는 결코 해빙에 이를 수 없습니다.

왜 그럴까요? 그가 맨 앞에 둔 해빙이 사실은 논해빙non-having이기 때문입니다. 그는 아무리 많이 가져도 가진 것에 만족하지 않습니다. 가진 것에 상관없이 못 가진 것만 헤아립니다. 설령 원하던 것을 얻어도 소용없습니다. 그는 또 다시 없는 것에 목을 매고 안달복달합니다. 계속 더 가지려고 죽어라 일만 합니다. 그가 하는 모든 일은 해빙을 위한 두잉입니다. 이런 두잉은 고단합니다. 힘겹습니다. 그래서 그는 행복하지 않습니다. 그의 존재 상태, 즉 비잉은 불행입니다.

'하두비'는 늘 불행합니다. 해빙은 없어서 불행하고, 두잉은 고단해서 불행하고, 비잉은 행복할 틈이 없어서 불행합니다. 해빙으로 시작하면 언제나 이렇게 됩니다. 첫 단추인 해빙이 사실은 논해빙의 함정이기 때문이지요. 그것이 바로 '없음' 스위치이기 때문이지요. 그는 부정으로 시작했으니 부정적인 결과를 거둡니다. 인과응보!

'비두하'는 정반대입니다. 그는 '비잉-두잉-해빙'의 순으로 삽니다. 존재가 맨 앞이지요. 그에게는 생생하게 살아 있다는 존재 자체가 기쁨입니다. 행복입니다. 내면에서 비롯되는 이 충만함이 바로 '있음' 스위치지요. 그래서 그는 넉넉한 마음으로 즐겁게 일을 하고 그에 상응하는 만족스런 결과를 거둡니다.

비두하는 늘 행복합니다. 비잉은 생생하게 살아 있어서 행복하고, 두잉은 즐겁게 일을 해서 행복하고, 해빙은 만족스런 결과를 거둬서 행복합니다. 여기서 그가 하는 일은 해빙을 위한 두잉이 아닙니다. 내면의 기쁨을 드러내기 위한 두잉입니다. 해빙 또한 논해빙이 아닙니다. 100퍼센트 자기 것으로 누리는 온전한 해빙입니다. 그는 긍정으로 시작했으니 긍정적인 결과를 거둡니다. 역시 인과응보!

비두하와 하두비! 이 둘은 닐 도널드 월쉬가 신에게 듣고 전했던 삶의 두 가지 패턴을 상징합니다. 비두하는 '되기-하기-갖기'의 순으로 사는 삶을, 하두비는 '갖기-하기-되기'의 순으로 사는 삶을 각각 대표합니다. 하두비로 살지 말고 비두하로 사는 것이 행복의 달인이 되는 가장 쉽고 빠른 길이라고 신이 훈수했었지요.

정말 그래야겠습니다. 나도 하두비로만 살면 안 되겠습니다. 이제부턴 비두하로 살아야겠습니다. 어떻게? 그건 내가 얻은 것을 항상 좋아하기로 결심하는 문제와 같은 거지요. 그렇게 결심만 하면 나는 즉각 행복한 비두하가 됩니다. 어느 누구도, 그 어떤 상황도 나에게 안 좋은 것을 안길 수 없으니까요.

이 문제는 또한 '있음' 스위치와 '없음' 스위치 중에서 하나를 고르는 양자택일과 같습니다. '있음'을 누르면 당신은 행복의 달인인 비두하가 됩니다. 반대로 '없음'을 누르면 불행의 달인인 하두비로 남습니다. 자, 이제 고르시지요. 선택은 언제나 당신 마음입니다. 대신 결과를 책임져야 합니다. 당신은 결과를 피할 수 없습니다. 인과응보!

3.

늘 행복할 수 있는 '있음' 스위치를 켜는 방법은 크게 두 가지입니다.

하나, 지금 가진 것에 만족하고 감사한다.
둘,   앞으로 가질 것에 만족하고 감사한다.

지금 가진 것에 만족하고 감사하면 당연히 '있음' 스위치가 켜지지요. 나는 '비두하'가 됩니다. 넉넉한 마음(비잉)으로 즐겁게 일해서(두잉) 달콤한 과실들을 거두게(해빙) 됩니다. 반대로 지금 갖지 못한 것에 매달리면 '없음' 스위치가 켜집니다. 나는 없는 것(해빙)을 애타게 구하느라(두잉) 고단하고 고달픈(비잉) '하두비'가 됩니다.

소소한 것에 자족하는 삶! 심플 라이프! 미니멀리즘! 요즘처럼 욕심 사나운 세상에 이것도 쉬운 일은 아닙니다. 하지만 채울 수 없는 욕망을 채우려고 끝없이 내달리는 삶보다는 분명 쉬운 일입니다. 다들 쉽게 사시길.

첫 번째 방법은 누구나 이해할 수 있습니다. 나아가 그렇게 살기로 결심하고 실행할 수 있습니다. 그런데 두 번째 방법은 뭔가 이상하군요. 앞으로 가질 것에 만족하고 감사할 수 있나요? 앞으로 가질 것이라면 지금 없는 게 아닌가요? 지금 없는데 어떻게 만족하고 감사할 수 있나요?

그럴 수 있습니다. 대신 한 가지 조건이 있습니다. 앞으로 가질 것을 이미 가진 것처럼 여겨야 합니다. 앞으로 가질 것을 이미 가진 것처럼 여기기만 하면 역시 지금 가진 것에 만족하고 감사하는 마음과 똑같이 됩니다. 이때도 나는 비두하가 되어 행복한 마음으로 즐겁게 일해서 달콤한 과실들을 거두게 됩니다.

하지만 없는 것을 있는 것처럼 여기는 건 속임수 아닌가요? 현실 왜곡이고 자기기만 아닌가요? 이런 속임수로 현실을 왜곡하고 자신을 기만하며 살아도 되는 건가요?

그래도 됩니다. 아무 문제 없습니다. 왜냐하면 그렇게 생각하면 그렇게 되기 때문입니다. 즉 가질 것을 가진 것처럼 여기면 갖게 됩니다. '있음' 스위치를 켰으니 행복한 비두하로서 달콤한 과실들을 거두는 게 당연하지요.

두 번째 방법은 첫 번째 방법과 달리 조금 헷갈립니다. 여기엔 영

적인 이해와 훈련이 필요합니다. 이런 내용의 영적인 원리를 서양식
으로 흔히 '시크릿'이라고 하지요.

시크릿! 무엇이든 '간절히 원하면 이루어진다'는 그 공공연한 비밀!
여기서 '간절히'는 '내 마음이 온통 그것으로 물들어 이미 그렇게 된 것
처럼 느껴질 정도로 간절히'입니다. 이 정도로 사무치게 간절하면 부
푼 욕망이 꺼지고 감사하는 마음이 일어납니다. 이미 그렇게 된 것처
럼 느껴지는데 마땅히 감사할 수밖에 없습니다. 바로 이 감사함이 '있
음' 스위치가 되어 내가 원하는 것을 끌어옵니다. 온 우주의 기운이 그
것을 끌어다 내 손에 쥐어 줍니다. 그 유명한 '끌어당김의 법칙'이지요.

시크릿의 원리는 (1) 원하는 것을 마음속에 생생하게 그리고 (2)
그것이 이미 이루어진 행복한 기분으로 감사하면서 (3) 필요한 요소
들을 끌어당겨 창조를 이루어 내는 3단계로 구성됩니다. 마지막 단
계에 요소니 창조니 하는 말이 있지만 너무 신경 쓰지 마세요. 이
미 이루어진 기분으로 깊이 감사하면 그다음은 우주가 알아서 거
들 겁니다. 나는 '있음' 스위치를 켠 행복한 '비두하'로서 자연스럽게
원하는 바를 거두게 될 것입니다.

4.

'시크릿'의 원조는 '네빌링'이라고 할 수 있습니다. 네빌링nevilling은
네빌 고다드(1905~1972)의 이름에서 따온 말이지요. 영성가인 네빌

이 생전에 가르친 대로 따라 하는 게 네빌링인 겁니다. 네빌링을 상징하는 한마디는 '상상이 현실을 창조한다'입니다. '간절히 원하면 이루어진다'는 시크릿과 별로 다르지 않지요. 상상하는 게 곧 간절히 원하는 것이고, 현실을 창조하는 게 곧 이루어지는 것입니다.

네빌링은 (1) 상상을 통해 잠재의식을 바꾸고 (2) 잠재의식을 바꿔서 현실을 바꾸는 두 단계로 진행됩니다. 관건은 역시 잠재의식이지요. 잠재의식만 바꾸면 이어서 끌어당김의 법칙이 작동합니다. 우주의 기운이 알아서 거들기 시작합니다. 그렇다면 어떻게 잠재의식을 바꾸나?

상상을 하되 그것이 내 눈앞에서 생생한 현실로 경험될 정도여야 합니다. 상상을 경험하라! 상상이 실제 상황 같으면 잠재의식은 그것을 기정사실로 받아들입니다. 그와 함께 내 마음은 소망이 이루어졌다는 느낌에 기분이 좋아지고 편해집니다. 그러니까 네빌링에서 잠재의식을 바꾸는 상상이란 가질 것을 가진 것처럼 여기는 '있음' 스위치와 완전히 똑같은 겁니다. 상상을 경험하는 순간 나는 '있음' 스위치를 켜고 행복한 비두하가 되는 거지요.

상상을 눈앞의 현실로 경험하려면 당연히 1인칭 현재 시점에서 '나는 이미 그것이다'라는 선언이 되어야 합니다. 나는 그것이 되고 싶다, 그것이 되어야겠다, 그것이 되어야 한다, 그것이 될 것이다, 그것이 되고 있다…. 이런 게 아니라 나는 이미 그것이다! 이런 진한 상상을 하면 욕망의 불이 꺼집니다. 소망이 이루어졌으니 더 바랄 게 없는 거지요. 이미 뜨거운 것은 말이 없는 법!

158

상상을 하면서 욕망이 더 불거지면 빗나간 겁니다. 지금이 아니라 훗날의 일로만 상상한 거지요. 그 바람에 눈앞의 현실로 경험하지 못한 채 결핍감만 도드라집니다. 이렇게 소망을 미래 시점에 두면 내 깊은 속마음은 아직은 아니라는 신호를 놓치지 않습니다. 나는 '있음' 스위치를 켠다면서 엉뚱하게 '없음' 스위치를 켭니다. '해빙'을 외치면서 '논해빙non-having'의 함정에 빠집니다. 네빌링에서는 이를 "현재의 결핍을 잠재의식에 심는 역노력의 법칙이 작용하게 된다"고 설명하지요.

'논해빙' 함정인 역노력의 법칙에 걸리지 않기 위해 네빌링은 '목적을 생각thinking of my aim'하지 말고 '목적에서 생각thinking from my aim'하라고 조언합니다. 그러려면 과녁을 겨누는 자리가 아니라 과녁을 꿰뚫은 자리에 서야 합니다. 내가 가야 할 곳은 저 앞에 있는 게 아닙니다. 나는 이미 도착했습니다. 바로 '지금 여기'입니다. 목적지에 다다랐으니 나는 목적을 내려놓고 음미합니다. 과녁을 꿰뚫었으니 활을 내려놓고 쉽니다.

이런 수준의 심오하고도 즐거운 상상을 한번 해 보시죠. 한 발한 발 깊은 속마음으로 걸어 들어가 한 점 한 점 행복한 장면들을 새겨 보시지요. 백견百見이 불여일행不如一行! 성공만 하면 당신은 네빌링의 달인이 되어 언제 어디서든 자유자재로 '있음' 스위치를 켜는 행복한 비두하가 됩니다.

'있음' 버튼을 누르는
인생 게임

전부 다 있는데 하나도 없는 것처럼 꾸며 놓아서 잔뜩 욕심을
부리다가 "헐, 다 있잖아"로 끝나는 게임!
아주 환한데 몹시 캄캄한 것처럼 가려놓아서 더듬고 헤매다가
"헐, 완전 환하잖아"로 끝나는 게임!
오직 하나인데 무지 많은 것처럼 갈라놓아서 사납게 다투다가
"헐, 우린 하나네"로 끝나는 게임!

무슨 게임이냐구요? 삶이라는 게임, 인생이라는 게임입니다. 이
게임은 "헐" 하는 순간에 끝납니다. 하지만 그렇게 하는 데 한평생
이 걸릴 수도 있습니다. 어쩌면 수백 수천의 생을 거듭할지도 모릅
니다. 당신의 게임은 지금 어디쯤인가요?

하나도 가진 게 없는 것 같으면 이제 막 시작한 즈음이겠지요. 세상이 온통 어둠인 것 같으면, 다들 뿔뿔이 남남인 것 같으면 맨 아래 레벨이겠지요. 내 게임은 아직 창창한 겁니다.

원래 다 있으니까 진실은 '있음'이시요. 그런데 없는 섯처럼 꾸몄으니 '없음'은 거짓입니다. 인생은 '없음'이라는 거짓을 깨치는 게임입니다. 완전 환하니까 진실은 '빛'이지요. 그런데 캄캄한 것처럼 가렸으니 '어둠'은 장막입니다. 인생은 '어둠'이라는 장막을 걷는 게임입니다. 오직 하나니까 진실은 '사랑'이지요. 그런데 남남인 것처럼 갈랐으니 '미움'은 착각입니다. 인생은 '미움'이라는 착각을 지우는 게임입니다.

이 게임은 복잡하지 않습니다. 버튼이 딱 두 개지요. 하나는 지금 있는 것을 반기는 '있음'이라는 버튼입니다. 다른 하나는 지금 없는 것을 탐하는 '없음'이란 버튼입니다. 내 삶의 무대에서 언제 어떤 상황이 벌어지든 나는 두 개의 버튼 중에서 하나를 골라 누를 수 있습니다. 그것은 완전 자유, 내 마음입니다. 내가 불만에 가득 차서 '없음' 버튼을 누르면 나는 그것이 없는 고통스런 상황을 경험할 겁니다. 반대로 감사하는 마음으로 '있음' 버튼을 누르면 나는 그것이 있는 넉넉한 상황을 누리겠지요.

이렇게 '있음' 버튼을 누르면 누를수록 행복 경험치가 올라가는 게임!

'있음' 버튼을 누르고 누르고 누르다 보면 "헐, 다 있잖아"로 끝나는 게임!

원래 다 있고, 완전 환하고, 모두가 하나라는 최고 레벨을 향

해 한 발 한 발 나아가는 게임!

이 게임에 총 1,000레벨이 있다고 합시다. 내가 '있음' 버튼을 연달아 열 번 누르면 10레벨에 이릅니다. 그러다가 열한 번째 '없음' 버튼을 누르면 나는 10레벨에서 다시 게임을 시작합니다. 10레벨에서 일진일퇴 공방을 벌이다가 점점 숙달이 되어서 열한 번, 열두 번을 거쳐 열다섯 번째까지 '있음'을 누르고 열여섯 번째 '없음'을 누르면 나는 15레벨까지 올라가지요. 이런 식으로 연달아 백 번을 누르면 100레벨, 연달아 천 번을 누르면 1,000레벨에 이르는 게임! 최고의 1,000레벨에 오르면 천 개의 태양이 떠오르고 천만 송이의 꽃이 피어나는 게임! 마침내 모든 것이 사랑으로 하나 되어 황홀한 빛에 잠기는 아름답고 신비한 게임!

삶이라는, 또는 인생이라는 게임은 이런 식이 아닐까요? 그런데 도대체 나는 얼마나 초짜이기에 일이면 일마다 '없음' 버튼부터 누르려는 걸까요? 나에게는 '없음' 말고 '있음' 버튼도 있다는 걸 맨날 까먹는 걸까요? 지금껏 얼마나 빈번하게 '없음' 버튼을 눌렀기에 이토록 부족하고 없는 것투성이일까요? 두 개의 버튼을 어떤 조합으로 만지작거렸기에 이렇게 세상이 어둡고 험하기만 할까요?

오늘도 나는 두 개의 버튼을 앞에 두고 오락가락합니다. 하지만 이제 삶이라는, 인생이라는 게임의 룰을 눈치챘으니 지금부터는 조

금 다를 겁니다. 나에겐 '있음' 버튼도 있다는 걸 기억하고 그걸 한 번이라도 더 누르려고 할 겁니다. 이런 마음가짐이 바로 내 삶의 고수가 되고, 내 인생의 승리자가 되는 레벨 업의 비법, 가장 빨리 1,000레벨에 이르는 비법 중의 비법 아닐까요?

이미 얻은 줄로
믿으면 얻게 된다

🍀

1896년 열 명의 대원들과 함께 2년째 히말라야를 탐사하던 미국인 대장이 그곳에서 만난 영적인 스승에게 묻습니다.

"기도만 하면 소원이 이루어질 수 있습니까?"

스승이 주저 없이 답하지요. "물론!" 그런데 딱 한 가지 조건이 있습니다. 이미 얻은 줄로 믿고 구해야 합니다. 이미 얻었음을 한 치의 의심 없이 굳게 믿고 구해야 합니다. 이 조건만 지키면 어떤 소원이든 기도만 하면 이루어진다는군요. 스승이 모든 소원을 이루는 기도의 법칙을 전합니다.

"올바른 방법으로 드리는 기도는 반드시 응답을 받습니다. 따라서 기도의 응답을 받으려면 분명한 법칙에 따라야만 합니다. 기도의 법칙이란 '이미 얻은 줄로 믿고 구하면 받게 된다'는 것입니다. 기도가 응답되지 않으면 어쩌나 하는 두려움이나 불신을 몰아내고 영혼 깊은 곳에서 우리에게 필요한 것은 이미 주어졌다는 확신을 가지고 기뻐해야 합니다." [20]

베어드 스폴딩의 신비주의 탐험기인 『초인생활』에서 갈무리한 대목입니다. 당신의 기도는 어떤가요? 기도할 때마다 소원이 이루어지면 바르게 기도한 겁니다. 당신은 이미 얻은 줄로 믿고 구했습니다. 이미 얻었음을 굳게 믿었으니 얻은 것이나 진배없지요. 당신은 '있음' 스위치를 켜고, '시크릿' 또는 '네빌링'의 기법으로 '끌어당김의 법칙'을 작동시키고 있는 겁니다. 반대로 아무리 기도해도 소원이 이루어지지 않으면 잘못 기도한 겁니다. 당신은 이미 얻은 줄로 믿고 구하지 않았습니다. 이미 얻었음을 믿지 않았으니 아직 얻은 것이 없는 거지요. 당신은 '없음' 스위치를 켜고, '논해빙'의 함정에 빠진 거지요.

그래서 올바른 기도는 언제나 감사밖에 없습니다. 구하는 것마다 구해지니 감사하지 않을 수 없습니다. 원하는 것마다 이루어지니 기뻐하지 않을 수 없습니다. 감사의 기도가 아닌 기도는 다 가짜입니다. 어느 것이든 기도의 법칙을 어긴 사이비입니다. 이런 입에 발린 기도는 백날 해도 아무 소용없습니다.

얻은 게 없는데 얻은 줄로 믿는 건 착각 아닌가요? 어리석은 마음의 눈으로 보면 착각이겠지요. 이루어진 게 없는데 이루어진 줄로 믿는 건 자기기만 아닌가요? 욕심 사나운 에고의 시야에서 보면 자기기만이겠지요. 하지만 맑은 영혼의 눈으로 보면 진실일 수 있습니다. 하느님 하시는 일에 부족함이 있을 리 없으니까요. 우리에게 필요한 것은 이미 다 주어져 있을 테니까요. 나는 그러한 진실을 믿고 또 믿을 뿐!

> 오늘도 나는 기도합니다. 주시고 주시고 주시고….
> 이 끝도 없는 '주시고'를 뺄수록 내 기도는 진짜가 되겠지요.
> 오늘도 나는 기도합니다. 바라고 바라고 바라고….
> 이 끝도 없는 '바라고'를 뺄수록 내 기도는 응답 받겠지요.

그리하여 마침내 나는 감사할 겁니다. 기쁨에 넘쳐 노래할 겁니다. 내 소원은 이미 이루어졌으므로.

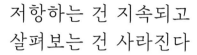

저항하는 건 지속되고
살펴보는 건 사라진다

"저항하는 건 지속되고, 살펴보는 건 사라진다."

닐 도널드 월쉬와 즐겨 이야기하는 신이 거듭해서 전하는 말씀
가운데 하나입니다.

나는 마음에 걸릴 때 저항하지요. 그러니까 계속 걸리더군요. 그
건 결국 드잡고 있는 거니까요. 이제부터는 마음에 걸릴 때 가만히
살펴봐야겠습니다. 그건 붙잡지 않고 지나가게 하는 거니까요. 지
나가면 사라질 테니까요.

이런 원리를 신은 월시에게 이렇게 설명합니다.

"너희는 자신이 부정하는 걸 선언하고, 자신이 선언하는 것을 창

조한다. 뭔가를 부정하는 행동 자체가 그것을 거기에 자리잡게 하니, 어떤 것을 부정하는 건 그것을 재창조하는 것이다." [21]

노자도 최고의 선善은 물과 같다고 했지요. 물처럼 거스르지 않고 흐른다고 했지요. 붓다도 좋다고 붙잡지 말고, 싫다고 내치지도 말라고 했지요. 내쳐도 붙잡힌다고 했지요. 비틀즈도 힘들고 어려울 때, 구름이 잔뜩 드리울 때 그냥 놔두라고 했지요. 놔두는 데 답이 있을 거라고 했지요.

Let it be, Let it be, Let it be!
내비道, 내비道, 내비道!

내치면 사라질 줄 알았는데 그 놈이 나타나고 또 나타납니다. 부정하고 거부하고 저항하고 억압해도 자꾸 자꾸 달라붙습니다. 나는 그 놈과 실랑이에 지치고 드잡이에 퍼집니다.
그러니까 거부하지 말고, 저항하지 말고, 있는 그대로 받아들일 것. 차분히 살피고, 할 수 있는 일을 하고, 나머지는 그것이 알아서 하도록 놔둘 것. 붙잡지 말고, 붙잡히지도 말고, 편히 갈 것. 물처럼 흐를 것.

Let it be, Let it be, Let it be!
내비道, 내비道, 내비道!

진짜로 쉬운 용서는
조건 없는 용서입니다

예수의 말씀을 받아 적었다는 『기적수업』을 '용서'라는 키워드로 풀어내는 개리 레너드. 그가 참된 용서에 대해 말합니다.

"용서는 언제나 자신이 자신에게 주는 선물이에요."

그렇다면 나는 잘못 알았군요. 나는 내가 당신에게 주는 선물인 줄 알았거든요. 미운 당신에게, 잘못한 당신에게, 원수 같은 당신에게 큰맘 먹고 주는 선물인 줄 알았거든요.

그런데 그게 아니랍니다. 용서는 내가 나에게 주는 선물이랍니다. 내가 용서함으로써 내가 용서받는 것이랍니다. 용서하는 순간에 내 안에 사랑이 피어나고 평화가 깃들므로.

그렇다면 용서는 일방적입니다. 당신과 관계없이 내가 나에게 주는 것이므로. 당신과 상관없이 내가 나에게서 받는 것이므로.

나는 용서가 쌍방적인 줄 알았습니다. 내 용서는 언제나 조건부였습니다. 당신이 잘못을 인정하면, 당신이 사과하면 주는 것이었습니다. 당신이 고개를 숙이면, 당신이 무릎을 꿇으면 주는 것이었습니다.

이런 용서는 쉽습니다. 누구나 할 수 있으니까요. 아니 이런 용서는 어렵습니다. 당신이 잘못을 인정하고, 사과하고, 고개를 숙이고, 무릎을 꿇을 때만 가능하니까요.

진짜로 쉬운 용서는 일방적인 용서입니다. 모든 조건을 떼어 낸 무조건적 용서입니다. 그것은 당신이 잘못을 인정하지 않아도, 사과하지 않아도, 고개를 숙이지 않아도, 무릎을 꿇지 않아도 할 수 있으니까요. 언제든 내 마음대로 할 수 있으니까요.

개리 레너드는 "우리는 자신이 겪을 일을 항상 선택할 수는 없지만 그 일을 어떻게 경험할지에 대해서는 언제나 선택할 수 있다"고 합니다. 그리고 "이 선택의 핵심은 특정한 방식의 용서에 있으며, 이는 부처와 예수 같은 위대한 스승들이 실천한 용서의 방식과 동일하다"고 합니다. 여기서 말하는 '특정한 방식의 용서'가 바로 조건 없는 용서입니다. 내가 나에게 주는 일방적인 용서입니다.

그대 용서할 일이 있나요? 그렇다면 부디 용서하시길. 그냥 용서하시길. 조건 없이 용서하시길. 용서가 자동이 될 때까지 용서하고 용서하고 용서하시길. 내가 나에게 용서의 선물을 주어 사랑을 꽃

피우고 평화에 잠기시길. 미움과 증오의 '없음' 스위치를 끄고, 사랑
과 용서의 '있음' 스위치를 켜시길.

가장
아름다운 자리

🍀

1.

노자는 도_道라 하고, 붓다는 중도라 하고, 공자는 중용이라고 하
는데 그 말이 다 그 말이겠지요. 그걸 기독교인은 하나님이라 하고,
천주교인은 하느님이라 하고, 천도교인은 한울님이라고 하는데 역
시 그 말이 그 말일 겁니다. 공_空이라 하든, 무_無라 하든, 무위라 하
든 손가락만 다를 뿐 가리키는 곳이 다를까요. 그러니 서로 손가락
질하면서 다투지 말고, 어느 손가락이 제일인지 따지지 말고, 손가
락이 가리키는 곳을 바라볼 일입니다.

나도 말은 이렇게 하지만 도무지 뭐가 뭔지 헷갈리곤 합니다. 뭐
가 도이고, 뭐가 중도이고, 뭐가 중용인지 알 듯 말 듯 한데 결국

모르겠고, 잡힐 듯 말 듯 한데 결국 잡지 못하는 식이지요. 이럴 때 는 복잡한 생각을 멈추고 몇 가지 이미지를 떠올려 봅니다.

하나, 태풍의 눈. 태풍이 몰아쳐도 태풍의 눈은 고요합니다. 평화롭습니다. 바람 한 점 없는 무풍지내입니다. 태풍의 눈은 비어 있습니다. 하지만 텅 빈 것이 거대한 것을 품습니다. 무풍이 폭풍을 거느립니다. 태풍의 에너지는 태풍의 눈을 중심으로 휘몰아칩니다. 태풍의 눈이 없으면 태풍도 없습니다. 태풍의 눈이 태풍의 도입니다.

둘, 바퀴의 축. 바퀴는 구르지만 축은 구르지 않습니다. 바퀴는 움직이지만 축은 제자리입니다. 한 곳에 가만히 있는 축이 돌고도 는 바퀴를 품습니다. 부동이 역동을 거느립니다. 바퀴의 힘은 중심인 축을 벗어나지 않습니다. 축이 없으면 바퀴도 없습니다. 축이 바퀴의 도입니다.

셋, 시소의 정중앙. 시소는 움직이지만 정중앙은 움직이지 않습니다. 시소는 오른편과 왼편으로 나뉘지만 정중앙에는 오른편도 없고 왼편도 없습니다. 시소는 이쪽 때문에 저쪽이 있고, 저쪽 때문에 이쪽이 있지만 정중앙에는 이쪽도 저쪽도 없습니다. 시소는 오른편이 올라가면 왼편이 내려가고 왼편이 올라가면 오른편이 내려가지만 정중앙은 올라가지도 내려가지도 않습니다. 아무 쪽도 없고 아무 편도 들지 않는 정중앙이 양편을 품습니다. 정중앙이 없으면 시소도 없습니다. 정중앙이 시소의 도입니다.

넷, 십자가의 교차점. 십자가는 가로와 세로가 엇갈리지만 둘이 만나는 교차점에는 가로도 없고 세로도 없고 엇갈림도 없습니다. 아무것도 없는 한 점이 수평선과 수직선을 품습니다. 교차점이 엇갈림을 거느립니다. 길이와 깊이를 아우릅니다. 교차점이 없으면 십자가도 없습니다. 교차점이 십자가의 도입니다.

나는 이 네 가지 이미지에서 아름다운 도道의 자리를 봅니다. 신비의 문을 여는 신神의 자리를 봅니다. 없으면서 있게 하는 무無의 자리, 텅 비었으면서 품어 내는 공空의 자리, 하지 않으면서 이루는 무위無爲의 자리, 편들지 않으면서 작용시키는 중용中庸의 자리, 엇갈리지 않으면서 만나게 하는 중도中道의 자리를 봅니다.

그것은 논리적으로 모순이요. 태풍 안에 태풍이 없습니다. 역동 안에 역동이 없습니다. 양편 안에 양편이 없습니다. 엇갈림 안에 엇갈림이 없습니다. 하지만 없음이 있음을 품는군요. 무위가 위를 거느리는군요. 진실은 항상 모순적입니다. 역설적입니다. '없음'의 도가 곧 '있음' 스위치입니다.

그래서 중용은 적당한 중간이 아닙니다. 산술적인 평균이 아닙니다. 중도는 기계적인 절충이 아닙니다. 인위적인 타협이 아닙니다. 그 모든 것을 뛰어넘는 고차원의 중심입니다. 그곳은 고요합니다. 평화롭습니다. 뭐든 걸림 없이 통합니다. 이분법 너머 상대의 세계를 멸하는 절대의 세계! 아, 그곳이 그립습니다. 태풍처럼 휩쓸리고 몰아치는 나, 바퀴처럼 이리 돌고 저리 구르는 나, 시소처럼 오르내리고 뒤뚱거리는 나, 십자가처럼 어긋나고 엇갈리는 나는 그곳이 정말 그립습니다.

2.

나도 아름다운 도道의 자리에 서고 싶습니다. 어떻게 서나요? 역시 몇 가지 이미지로 가늠해 봅니다.

하나, 스윗 스팟sweet spot. 테니스 라켓에서 공을 가장 잘 받아칠 수 있는 곳을 말하지요. 가운데 부근의 단 한 곳입니다. 너무 팽팽하지도 않고 너무 느슨하지도 않은 곳입니다. 말보다는 감으로 느껴야 합니다. 머리보다는 몸으로 익혀야 합니다. 아주 미묘하고 민감한 바로 그곳! 거기가 테니스 라켓에서 도의 자리입니다. 달콤한 중심입니다. 그곳은 당연히 라켓 안에 있습니다. 깊은 안에 있습니다. 누구든 그것을 밖에서 찾지 않겠지요.

내가 찾아야 할 도의 자리라고 다를 리 없습니다. 그곳은 세상 밖의 빛나는 자리가 아닙니다. 내 안 깊은 곳의 달콤한 자리입니다. 나는 내 안의 중심에서 아주 미묘하고 민감한 그곳을 찾아야 합니다. 말이 아니라 감으로 느껴야 합니다. 머리가 아니라 몸으로 익혀야 합니다. 온몸으로 저리게 깨달아야 합니다. 그런데 나는 내 안을 살피고 있나? 오늘 하루 내 안을 바라본 적이 몇 번인가?

나는 너무 바빠 그럴 시간이 없었습니다. 먹고살기 고달파 그럴 여유가 없었습니다. 지금은 그럴 상황이 아닙니다. 그럴 때가 아닙니다. 나는 오늘도 이리 뛰고 저리 뜁니다. 나에게 이래라 저래라 하지 마세요. 그렇지 않아도 골치 아픕니다. 정신 사납습니다. 나도 때가 되면 할 겁니다. 여건이 되면 나설 겁니다. 찬찬히 나를 돌아

보고 둘러볼 겁니다. 하지만 지금은 아닙니다. 지금은 벌여 놓은 일이 더 중요합니다. 벌어지는 일이 더 시급합니다. 내 안은 그다음입니다. 나중입니다. 아, 그 나중은 언제일까? 때가 되고 여건이 되는 날은 언제일까?

둘, 줄타기. 허공을 가르며 외줄을 타는 저 사람을 보시죠. 그는 온전히 깨어 있습니다. 한 치도 흐트러지지 않은 집중과 몰입의 상태입니다. 그는 부드럽게 움직입니다. 가볍게 나아갑니다. 흔들림에 순응합니다. 기욺을 이용합니다. 왼편으로 기울면 그 힘에 기대어 오른편을 보탭니다. 오른편으로 기울면 그 힘에 기대어 왼편을 보탭니다. 그것이 한 가닥 줄을 따라 균형의 춤사위로 펼쳐집니다. 저 줄과 저 춤! 그외에 무엇이 남았나요? 저항은 없습니다. 긴장도 없습니다. 그도 없습니다. 그는 줄입니다. 춤입니다. 균형입니다. 중심입니다.

미국의 명상가 마이클 싱어는 "도道 안에 개인적인 것은 없다"고 하지요. "당신은 어떤 개념도, 좋고 싫음도 가질 수 없다"고 하지요. 그가 전하는 도의 자리를 음미해 보시죠.

> "도道 안에 개인적인 것은 없다. 당신은 힘의 손아귀에 들려 있는 한갓 도구일 뿐으로, 균형의 춤사위에 참여하고 있다. 당신은 일이 어떻게 풀려가야 한다는 개인적인 선호가 아니라 오로지 균형에만 모든 주의가 머물러 있는, 그런 경지에 도달해야 한다. 삶의 모든 것이 이렇게 되어야 한다. 균형 속에서 일

할 수 있게 되면 당신은 삶 속을 자유롭게 미끄러져 갈 수 있
다. 도에 이르면 애씀 없는 행위가 일어난다. 삶이 일어나고,
당신이 거기에 있다. 당신이 그것을 일어나게 하지 않는다. 아
무런 부담도, 스트레스도 없다. 당신이 중심에 앉아 있는 동안
힘이 스스로를 돌본다. 그것이 도이다. 그것은 삶의 모든 것 중
에서도 가장 아름다운 자리다. 그것을 만져 볼 수는 없지만 그
것과 하나가 될 수는 있다." [22]

　만져 볼 수 없지만 하나가 될 수 있는 도의 자리! 그곳은 고정되
어 있지 않습니다. 매 순간 중심에서 중심으로 움직입니다. 내 안의
도의 자리도 마찬가지겠지요. 그곳은 삶 속에서 역동합니다. 삶은
오른편과 왼편입니다. 이쪽과 저쪽입니다. 옳고 그름, 좋고 나쁨, 사
랑과 미움, 기쁨과 슬픔, 아름다움과 추함, 깨끗함과 더러움…. 삶
은 늘 두 편으로 갈려 쉼 없이 나를 흔듭니다. 나는 우왕좌왕 합니
다. 좌고우면 합니다. 좌충우돌 합니다. 어쩌나요. 사는 게 그런 것
을. 흔들리는 게 삶인 것을. 세라비C'est la vie!
　그러나 이런 삶 속에 도가 있습니다. 태풍의 눈 같고, 바퀴의 축
같고, 시소의 정중앙 같고, 십자가의 교차점 같은 도의 자리가 있습
니다. 흔들림과 엇갈림 속에서 피어나는 고요와 평화의 꽃이 있습
니다. 상대의 세계를 멸하는 절대의 문, 모든 이분법을 녹이는 무경
계의 나라가 있습니다. 삶이 없으면 도도 없습니다. 삶을 놓치면 도
또한 놓칩니다. 도란 삶과 함께 펼쳐지는 균형의 춤사위이기에.

삶 속의 도는 외줄타기와 같습니다. 나는 온전히 깨어 있어야 합니다. 집중하고 몰입해야 합니다. 삶이 흔들려 어지럽더라도 그 흔들림에 순응해야 합니다. 삶이 기울어 멀미가 나더라도 그 기움을 이용해야 합니다. 삶에서 일어나는 모든 일들이 균형의 춤사위를 위한 디딤돌입니다. 나는 일이 어떻게 풀려 가야 한다는 개인적인 선호를 넘어 오로지 균형에만 주위가 머무는 경지에 도달해야 합니다.

그런 경지에서 비로소 나는 삶 속으로 자유롭게 미끄러져 가겠지요. 삶이 일어나고 애씀 없는 행위가 일어나겠지요. 나는 거기에 있고 아무런 부담도, 스트레스도 없을 겁니다. 도의 힘이 스스로를 돌볼 겁니다. 나는 삶의 한가운데 가장 아름다운 자리에서 평화로울 겁니다. 미묘하고 민감한 바로 거기 그 달콤한 중심에서 어떤 삶이든 최고로 행복하게 누릴 겁니다.

홀로그램
이해하기

✤

1.

홀로그램. 온전한holo: whole 그림gram: drawing. 온 그림.

　나를 찍은 필름은 곧 나를 비춘 빛의 그림입니다. 이 필름을 스크
린에 비추면 내가 나타나지요. 내 모습은 2차원의 평면 정보로 필
름에 담겨 있다가 짠 하고 다시 등장합니다. 빛과 함께 어둠 속에서
나옵니다.

　같은 이치로 나를 찍은 3D 필름은 내 모습을 3차원의 입체 정보
로 담은 빛의 그림입니다. 이 필름에 빛을 비추면 역시 내가 나타납
니다. 나는 빛과 함께 어둠 속에서 툭 튀어나오지요. 그것도 아주

생생한 입체로!

이처럼 입체영상을 빛의 그림으로 변환한 필름이 홀로그램입니다. 그런데 이 필름을 반으로 쪼개 비추면 나는 반쪽만 나올까요? 보통 필름이라면 그렇습니다. 그러나 홀로그램은 그렇지 않지요. 나는 반쪽에서도 온 그림으로 살아서 나옵니다. 그 반을 다시 반으로 쪼개 비춰도 나는 멀쩡하게 어둠 속에서 툭 튀어나옵니다.

어떻게 그럴 수 있을까? 그건 필름의 어느 조각에든 온전한 내 모습이 담겨 있기 때문입니다. 머리든 몸통이든 다리든 내 몸 부분부분의 정보를 담은 빛살들이 동심원처럼 번지면서 홀로그램의 모든 공간에 서로 겹쳐 있기 때문입니다. 보통 필름에서는 내 모습이 거꾸로 맺힌 상을 볼 수 있습니다. 그런데 홀로그램 필름에서는 그런 내 모습이 홀연 사라집니다. 대신 크고 작은 동심원과 이리저리 겹치는 물결무늬들만 보입니다. 대덕밸리의 영성과학자인 방건웅 박사는 말합니다.

> "만물은 출렁이는 물 위의 표면에 그려지는 물결무늬와 같은
> 존재다. 물 표면의 무늬는 홀로그램과 같은 성질을 가지고 있
> 어 아무리 작은 일부분이라 해도 전체에 대한 정보를 담고 있
> 다. 파동으로서의 만물은 정보를 모두 공유하고 있다. 그러니
> 나는 알고 너는 모르는 것이 있을 수 없다." [23]

설명이 조금 어려워졌습니다. 그래도 이 점만은 염두에 두시길.

'파동으로서의 만물은 정보를 모두 공유한다!' 자연계가 정보를 저장하는 방식이 꼭 이와 같습니다. 기술만 좋다면 내 몸 어느 구석에서 어떤 세포를 떼어 내든 똑같은 나를 만들 수 있을 겁니다. 세포 하나하나마다 온전한 내 몸이 하나씩 들어 있으므로. 일속사一粟寺 장일순의 말씀으로 좁쌀 한 알에 우주가 담겨 있으므로. 법정 스님의 말씀으로 한 사람이 모두이고 모두가 한 사람이므로. 물리학자 데이비드 봄의 말씀으로 전자電子는 항상 전체이므로.

2.

홀로그램은 불교의 화엄 사상을 연상시킵니다. 하나가 곧 전부이고, 전부가 곧 하나다! 일즉일체 다즉일一卽一切 多卽一. 오래전 동양에서 직관으로 화엄 세계를 봤다면 오늘날 서양에서 과학으로 홀로그램을 만들었습니다. 우리는 홀로그램을 통해 만물이 만물을 공유하는 심오한 이치를 실감할 수 있습니다. 어느 외진 구석의 어떤 후진 조각이라도 위대하지 않은 것이 없다는 놀라운 진실! 누구든, 무엇이든 자기 안에 모두를 아우르는 신을 품고 있다는 자각! 그것은 궁극의 '있음' 스위치입니다.

그럼 이제부터 홀로그램 식으로 이치를 펼쳐 보겠습니다. 시작합니다.

하나가 모두다! 홀로그램에 따르면 그렇습니다. 하나는 언제나 모두인 하나입니다. 외진 산골에 사는 나도 모두입니다. 휘황한 도시에 사는 당신도 모두입니다. 우리는 만물의 일원으로서 만물의 정보를 공유하니까. 내 안에도, 당신 안에도 만물이 있으니까.

하나가 모두면 둘은 없다! 모두는 하나도 빼지 않으므로 둘을 가질 수 없습니다. 하나라도 빠진 것은 모두가 아니니까요. 그렇다면 분리는 없습니다. 아무리 나누어도 $1/n$은 없습니다. 단지 그렇게 보일 뿐이지요. 모든 분리는 환영입니다. 꿈입니다. 모든 $1/n$의 진실은 $1/1$입니다. n/n입니다. 즉, 1입니다. 하나입니다. 나는 너, 너는 나, 우리는 둘이 아닙니다.

분리가 없으면 변화도 없다! 둘도 없고, 셋도 없고, 넷도 없는데 어떻게 변화가 가능한가요? 모든 변화는 환영입니다. 꿈입니다. 단지 그렇게 보일 뿐이지요. 꿈에서 깨어나면 안개처럼 사라집니다. 꿈 밖에서 우리는 언제나 하나입니다. 변함없는 전부입니다.

변화가 없으면 시간도 없다! 모든 변화는 시간과 함께 전개됩니다. 변하는 게 없으면 시간이 펼쳐질 수 없습니다. 모두가 하나이니 모든 변화는 이미 다 일어났습니다. 한 번에 동시에 일어났습니다. 과거와 미래가 지금 이 순간에 함께 합니다. 시간은 흐르지 않습니다. 단지 그렇게 보일 뿐입니다. 모든 시간은 환영입니다. 꿈입니다. 오로지 이 순간만 진실합니다. 이 순간이 하나입니다. 이 순간이 모두입니다. 이 순간이 영원입니다.

시간이 없으면 공간도 없다! 시간과 공간은 하나로 엮여 있습니다. 아인슈타인이 그걸 간파했지요. 그의 상대성이론에 따르면 빛에 가까운 속도로 빨리 달릴수록 시간이 늦게 흐릅니다. 시간과 공간은 우주라는 거대한 환영의 두 측면입니다. 시간과 공간은 동전의 양면입니다. 그래서 시간이 무한하면 공간도 무한합니다. 반대로 무無시간이면 무無공간입니다.

시공간이 없으면 만물도 없다! 하나가 모두여서 그 어떤 분리도 변화도 시간도 공간도 다 꿈같은 환영이라면 만물도 당연히 그렇습니다. 우주는 만물의 꿈입니다. 환영입니다.

그러니 나는 지금 묻습니다. 하나가 모두인 홀로그램을 마음에 담으며 묻습니다.

> 내가 혹시 꿈을 꾸고 있는 게 아닐까? 밤에는 눈을 감고, 낮에는 눈을 뜨고 꿈을 꾸는 게 아닐까? 내 삶은 시공간이란 4차원의 스크린에 비춰진 홀로그램 영상 같은 게 아닐까? 시공간에서 한 차원만 더 올라가도 모든 게 단박에 일장춘몽으로 드러나지 않을까?

그것은 결국 내가 꿈에서 깨어날 때 깨닫겠지요. 그때 나는 기가 막혀 소리칠지 모릅니다. 헐! 내가 꿈을 꾸었네. 우주라는 꿈과 삶이라는 꿈을 꾸었네. 모두가 농담이었네. 그러기에 누가 말했던가요? 그대는 인간이 아니라, 꿈속의 인간을 경험 중인 영혼이라고.

우주라는 아득한 시공간에서 펼쳐지는 이 파란만장한 드라마! 그러나 아무리 생생해도 꿈은 꿈입니다. 깨어나면 끝입니다. 바람처럼 사라집니다. 오로지 꿈꾸는 자만이 꿈에 매달립니다. 진짜라고 우깁니다. 『우주의 홀로그래피』에서 이균형은 말합니다.

> "우리는 도깨비방망이로 만들어 낸 호화로운 궁전과 시녀들의
> 모습에 넋이 홀린 나머지 그만 방망이를 잊어버린 바보와도
> 같다." 24

　혹시 당신은 내게 묻나요? "그게 무슨 잠꼬대 같은 소리냐?" 그렇습니다. 당신은 잠들어 있습니다. 꿈꾸고 있습니다. 당신의 삶이 꿈입니다. 당신이 하는 말이 잠꼬대입니다.

　3.

　우주라는 꿈, 삶이라는 꿈, 인간이라는 꿈!
　우주라는 시공간에서 인간으로 태어나 한평생 살아가는 게 모조리 다 꿈이라구요? 이건 절대 꿈일 수 없다구요? 꼬집으면 아픈데 어떻게 꿈이냐구요? 그렇다면 할 수 없지요, 뭐. 계속 주무실 수밖에. 하지만 그 밖의 분들은 다들 일어나, 일어나!
　하나가 모두라면 그 어떤 분리도 변화도 시간도 공간도 있을 수 없다고 했습니다. 그렇다면 만물도 우주도 나도 다 꿈이고 환영이라고 했습니다. 붓다 또한 그리 가르쳤지요. "모든 조건 지어진 것

들은 꿈같고, 환영 같고, 물거품 같고, 그림자 같고, 이슬 같고, 번개 같다." 제행무상諸行無常 제법무아諸法無我! 만물은 꿈이고 만인도 꿈이다. 모두 텅 빈 환상이다.

홀로그램식인 원리를 통해 내가 꿈을 꾸고 있다는 걸 눈치챘으니 이제 꿈에서 깨어날 차례입니다. 자리에서 뭉개지 말고 일어날 시간입니다. 그럼 일어나 볼까요. 시작합니다. 역시 홀로그램 식으로 이치를 펼치겠습니다.

> 하나, 모든 분리가 꿈이니 언제나 합치는 쪽을 택한다.
>
> 둘, 모든 변화가 꿈이니 언제나 분별하지 않는 쪽을 택한다.
>
> 셋, 모든 시간이 꿈이니 언제나 이 순간을 택한다.
>
> 넷, 모든 공간이 꿈이니 언제나 이 자리를 택한다.
>
> 다섯, 만물과 우주가 꿈이니 언제나 매달리지 않는 쪽을 택한다.
>
> 여섯, 내가 곧 꿈이니 언제나 영혼이 안내하는 쪽을 택한다.

가장 중요한 건 '어떤 분리도 인정하지 않는다'는 겁니다. 이 원칙에 따라 나와 남을 가르는 시비나 분별이나 차별은 그 어떤 것이든 다 걷어냅니다. 왜? 모든 분리는 거짓이니까요. 모든 시비, 분별, 차별은 거짓 위에 거짓을 더한 것이니까요. 내가 곧 너이고 너는 곧 나니까요. 우리는 모두 하나니까요. 여기 모든 분리를 부인하는 두 가지 방법이 있습니다.

하나, 사랑한다!

모두를 무조건 사랑합니다. 왜? 조건 없는 사랑이 전체를 담으니까요. 오쇼 라즈니쉬는 말합니다. "사랑은 모든 분리를 넘는 하나의 언어다. 사랑은 모든 분리의 어둠을 밝히는 빛이다." 단둘이 속닥이는 연애를 하더라도 사랑에 조건을 달면 빗나갑니다. 사랑하고 사랑하고 사랑해서 결국 원수까지 사랑한다면 마침내 전부를 사랑하는 겁니다. 원수란 원래 없는 거지요. 원수 또한 분리된 나의 환영일 뿐이니까요.

둘, 받아들인다!

모두를 무조건 받아들입니다. 왜? 조건 없는 받아들임에 전체가 담기니까요. 어떤 것이든, 어떤 일이든, 어떤 사람이든 전적으로 받아들이면 그 어떤 장벽도 세울 수 없습니다. 조건 없는 긍정과 조건 없는 용서와 조건 없는 수용이 모든 분리의 장벽을 허뭅니다. 받아들임이 곧 사랑입니다. 사랑이 능동태라면 받아들임은 수동태입니다.

지금 내가 너와 하나 되면 우리 사이에 거리가 사라집니다. 지금 내가 이 향기로운 꽃과 하나 되면 나와 꽃 사이에 거리가 사라집니다. 지금 내가 저 푸른 하늘과 하나 되면 나와 하늘 사이에 거리가 사라집니다. 지금 내가 모두와 하나 되면 모든 시공간이 접히고 우주가 사라집니다. 나는 그것을 아나?

186

지금 너와 나를 남남으로 가를 만한 상황이 있다고 합시다. 이때 가르지 않는 길로 가면, 사랑하고 받아들이는 쪽을 택하면 나는 아는 겁니다. 꿈에서 깨는 중입니다. 반대로 가르는 길로 가면, 미워하고 탓하는 쪽을 택하면 나는 모르는 겁니다. 계속 꿈꾸는 중입니다. 아주 간단하지요. 이런 간단한 이치를 너무 길게 얘기했군요. 죄송하지만 일어나시라고. 얼른 일어나시라고.

들이쉬면서 '하늘'
내쉬면서 '미소'

세 가지 나이

🍀

　같은 해 태어난 동갑이라고 몸의 나이와 마음의 나이까지 같은
건 아닙니다. 당연히 이승을 떠나는 나이도 같을 수 없습니다.

　A와 B는 쉰 살 동갑내기입니다. 둘 중 A는 아주 쌩쌩하지요. 그
는 몸의 나이가 45세에서 50세로 천천히 나아가고 있습니다. 마음
의 나이는 더 젊어서 40세에서 35세로 거슬러 가는 중입니다. 반면
B는 겉늙었습니다. 그의 몸의 나이는 55세에서 60세로 내달리고
있습니다. 마음의 나이는 더 늙어서 60세에서 65세로 질주하고 있
군요. 표로 정리하면 아래와 같습니다. 화살표는 길수록 속도가 빠
르다는 뜻입니다.

	35	40	45	50	55	60	65
세월 나이				A / B			
몸의 나이			A→		B→→		
마음의 나이		A←←				B→→→	

A와 B의 세 가지 나이가 각각 이렇게 다르다면 어떤 고약한 운명의 장난이 없는 한 A는 B보다 훨씬 오래 잘 살겠지요. A라면 100세 장수가 무난할 겁니다. 당신은 어느 쪽인가요? 어느 쪽이 되고 싶은가요? 설마 B를 원하진 않으시겠지요. 그럼 이제부터 A가 되는 법을 가르쳐 드립니다.

A든 B든 세월 나이는 어떻게 할 수 없습니다. 시간의 화살은 앞으로만 날아갑니다. 째깍째깍 날아가는 속도 또한 변하지 않습니다. 물론 상대성원리에 따라 무진장 빨리 달리는 사람에게는 시간이 천천히 가겠지요. 그래 봤자 빛과 견주는 속도가 아니라면 아무런 차이가 없으니까 고려하지 않겠습니다. 설령 A가 번개같이 빠른 우주선을 타고 별나라를 여행하다가 1년만에 돌아왔는데 그 사이 지구에서 100년이 흘렀다고 해 보지요. 그럼 A는 151세인가요? 지구의 후손들이 A를 151세로 여긴다 한들 그건 숫자일 뿐입니다. 당사자인 A의 입장에서는 100년 뒤의 지구에서 51세로 다시 사는 거지요.

세월 나이에 비해 몸의 나이는 훨씬 융통성이 있습니다. 잘 관리하기만 하면 남들보다 5년, 10년은 더 젊게 만들 수 있습니다. 늙는 속도 또한 상당히 늦출 수 있습니다. 때로는 세월을 거꾸로 돌리는 회춘도 가능하겠지요. 그래서 다들 몸의 나이를 줄여 보려고 애씁니다. 잘 먹고, 잘 자고, 운동도 열심히 하려고 합니다. 물론 나도 그렇습니다.

몸은 소중하지요. 마땅히 정성껏 돌봐야 합니다. 하지만 정성을 들이는 것과 욕심과 허영을 부리는 것은 다릅니다. 몸에 좋다면 물불 안 가리고 먹는 건 탐욕이겠지요. 몸에 좋건 말건 젊게만 보이려는 건 허영일 겁니다. 지방 빼고, 주름살 당기고, 실리콘 넣고, 뼈를 깎고, 박음질해서 영계처럼 보일 수는 있겠지만 실제로 젊어지는 건 아닙니다. 위험하고 돈도 많이 드는 이런 회춘법은 몸을 살리기보다 망칠 가능성이 높습니다. 설령 일시적으로 마술 같은 효과를 본다 해도 결국 몸은 스러집니다. 열역학 제2법칙 아시죠? 자연의 모든 것은 무질서를 늘리는 쪽으로만 변하는 엔트로피 증가의 법칙!

마음의 나이는 세 가지 나이 중에서 가장 탄력적입니다. 시간의 화살처럼 앞으로만 날아가지 않습니다. 엔트로피 증가의 법칙에 따라 갈수록 허물어지지도 않습니다. 이 모든 굴레에서 벗어나 자유롭게 앞으로도 가고 뒤로도 갈 수 있습니다. 그것은 언제나 내가 마음먹기에 달렸습니다. 내가 젊다고 생각하면 젊어지고, 늙었다고 생각하면 늙어집니다.

젊다고 생각하면 젊어지는 게 마음의 나이에만 그치는 것도 아닙니다. 마음의 나이가 젊어지면 그에 따라 몸의 나이도 젊어집니다.

몸의 나이가 젊어지면 그만큼 세월 나이는 길어집니다. 마음의 나이가 몸의 나이를 지배하고, 몸의 나이가 세월 나이를 지배합니다. 심리가 생리를 좌우하고, 생리가 생사를 좌우합니다.

영성의학자인 디팩 초프라는 "인간은 생각과 느낌으로 자신의 생체적 상태를 변화시킬 수 있는 지구상의 유일한 생물"이라고 합니다. 우리는 축복을 받은 거지요. 마음으로 몸을 바꿀 수 있는 독보적 권능을 부여받은 거지요. 초프라는 "누구나 자신이 늙었다고 생각하는 만큼만 늙는다"며 "당신의 몸이 시간과 함께 쇠퇴해 간다는 신념 대신에 당신의 몸은 시시각각 새로워진다는 신념을 키워가라"고 당부합니다.

우리는 대개 '세월 나이 > 몸의 나이 > 마음의 나이' 순으로 중요도를 매기며 삽니다. 맨 먼저 주민등록증 나이부터 따집니다. 그리곤 세월 따라 늘어나는 나이에 풀이 죽습니다. 그렇다고 세월 나이는 건드릴 수 없으니까 몸의 나이에 악착같이 매달립니다. 와중에 마음의 나이는 뒷전으로 밀립니다. 웬만해선 자신의 마음 상태를 살피고 돌보지 않습니다. 이런 식으로는 절대로 내가 원하는 A가 될 수 없습니다. A가 되려면 이 순서를 뒤집어야 합니다. '마음의 나이 > 몸의 나이 > 세월 나이'의 순으로 중요도를 확 바꿔야 합니다. 지금 몇 살인지 '민증'부터 들추지 말고 언제나 청춘의 봄날 같은 젊은 마음으로 몸을 보살피며 살아야 합니다. 그러면 반드시 젊어집니다. 어느 누구보다 오래도록 건강하게 잘 살 수 있습니다.

이 방법은 돈 한 푼 들지 않습니다. 어렵지도, 위험하지도 않습니다. 효과는 확실합니다. 가장 싸고 쉽고 안전하고 확실한 회춘법! 마다할 이유가 있을까요? 선택은 언제나 내 마음에 달렸습니다. 내가 마음먹기 나름입니다. 내 몸이 시시각각 새로워진다는 신념을 키워 가면서 살면 죽을 때까지 젊을 수 있습니다. 과연 그런지, 나부터 확인해 볼 겁니다.

이름을 붙이지 않으면
병이 금방 낫는다

불치 판정이 내려진 하반신 마비를 거짓말처럼 딛고 일어선 클레멘스 쿠비. 그가 말합니다.

"이름을 붙이지 않으면 병이 금방 낫는다."

클레멘스 쿠비는 독일의 유명한 다큐멘터리 감독이지요. 그가 15미터 높이의 다락방 스튜디오에서 아스팔트 바닥으로 굴러떨어집니다. 순간 서른세 살 그의 인생이 주저앉습니다. 그는 척추뼈가 부서진 하반신 마비가 되어 평생 휠체어를 타야 하는 신세가 되지요.

그런데 그 캄캄한 불치의 절망 한가운데에서 들려오는 영혼의 목소리. "침착해! 두려워하지 마!" 그의 영혼은 "의사가 하는 말에만 얽매이지 말고, 진단서에 쓰인 대로 될 때까지 기다리지 말라"고 속삭입니다. "네가 다시 걷고 싶다면 거기에 걸맞는 이유가 있어야 한다"고도 합니다. 그는 의사가 선고한 반신불수를 믿지 않고 더 깊은 차원에서 일어설 것을 믿으며 발가락 끝을 움직이기 시작하지요.

쿠비가 2002년 영화로 만들고 책으로 낸 『다음 차원으로의 여행』은 이같은 신비한 체험을 바탕으로 정신적 차원의 자가 치유 현장들을 찾아 나선 기록입니다. 그것은 자신을 깨우고 일으켜 세운 영혼의 자취를 따라가는 여정이기도 하지요. 그는 "그때 내가 인생관과 의식세계를 급진적으로 바꾸지 않았다면 나는 여생을 여전히 휠체어에서 보냈을 것"이라고 회고합니다.

실제로 병에 이름을 붙이자마자 진짜 병색이 깊어지는 경우가 많습니다. 아픈 몸에만 전전긍긍해서 죽자 사자 의사와 병원에 매달릴 때 이런 일이 일어나지요. 하지만 병에는 언제나 내 마음과 영혼이 깊숙이 관계합니다. 아주 가벼운 감기조차 예외가 아닐 겁니다. 그러니까 어디가 아프다고 섣불리 병명을 붙이지 마세요. 무슨 무슨 병에 걸린 환자로 순순히 자신을 규정짓지 마세요.

병을 무시하라는 말이 아닙니다. 오히려 그 반대입니다. 병을 잘 모시라는 말입니다. 병에 담긴 영혼의 메시지에 귀 기울여 정성껏 받들라는 말입니다. 겉으로 드러난 증세에 사로잡혀 삼시 세끼 약만 먹는 행태야말로 병을 무시하는 거지요. 병을 통해 깊이 나를 성찰할 때 비로소 그 병을 불러온 고루한 마음가짐과 고질적인 생활 습관을 바로 잡을 수 있습니다. 바로 그때 진정한 치유가 이루어지고, 의학적으로 설명할 수 없는 기적도 일어납니다.

내 몸에는 언제나 건강한 부분과 건강하지 않은 부분이 섞여 있습니다. 건강하지 않은 부분만 떼어 놓고 보면 나는 늘 병자지요. 하지만 두 부분은 앞서거니 뒷서거니 동적인 균형을 이루며 내 안의 자가 치유력을 자극합니다. 지금 건강하지 않은 쪽이 앞선다고 부리니케 그것에 병명을 붙이고 병든 사람이 되지 마세요. 요즘 병원과 의사들이 하는 일이 대개 이런 식입니다. 그들은 아픈 부분만 샅샅이 뒤져 병명을 붙이고 당신은 환자라고 규정하는 게 일이니까요. 남이 붙여 준 병명에 따라 득달같이 병자가 되는 순간 갑갑한 내 영혼은 돌아누워 눈물지을 겁니다. 나를 되살릴 자가 치유력 또한 맥이 빠져 골방으로 숨어들 겁니다.

부정적인 생각을
절대로
완성하지 말라

❧

"부정적인 생각을 절대로 완성하지 말라. 우리가 처음에는 그런 생각을 할 수도 있다. 하지만 그것을 완성하지는 말라. 그렇게 하면 여러분 머리에 있는 컴퓨터에 그것이 들어가 정말로 그렇게 될 수 있기 때문이다." [25]

인디언 주술사 베어 하트가 당부합니다. "부정적인 생각을 절대로 완성하지 말라!" 나도 그러려고 합니다. 부정적인 생각을 완성하지 않으려고 합니다. 처음에는 그런 생각이 들곤 하지요. 하지만 그것을 끝까지 완성하지는 않을 겁니다. 그렇게 하면 정말로 그렇게 될 테니까요. 우울의 나락으로 빠져들고, 절망의 구렁텅이로 처박힐 테니까요.

몸이 아프면 슬쩍 불길한 생각이 듭니다. '이러다 죽는 거 아니야?' 나는 이 생각을 완성할 수 있습니다. 그러면 나는 마음속에서 몸져누울 것이고, 병원에 실려 갈 것이고, 검사란 검사는 다 받을 것이고, 결국 심각한 얘기를 들을 겁니다. 나는 살려고 발버둥 칠 것이고, 밥 먹듯 약을 먹을 것이고, 거죽만 남은 몰골이 될 것이고, 끝내 똥오줌도 못 가릴 것이고, 병구완에 찌든 집안 꼴은 말이 아닐 겁니다.

정말로 이런 일이 벌어질 수 있습니다. 누구든 이렇게 당할 수 있습니다. 나라고 예외일 리 없습니다. 그러니 미리미리 방비해야지요. 한 놈의 불행도 덤빌 수 없게 불안한 구석을 모조리 틀어막아야지요. 불행의 그림자가 어른거리는 곳은 처다보지도 말아야지요. 그래도 달려드는 불행이 있으면 죽어라 도망쳐야지요.

이렇게 주도면밀하게 숨고 피하고 도망치며 살아도 귀신같이 덮치는 불행은 어쩌나요? 나는 더 대비해야 합니다. 생명보험, 연금보험, 실업보험, 암보험, 심장보험, 뇌보험, 치매보험, 상해보험, 후유장애보험, 간병인보험…. 그래도 완벽하지 않습니다. 나는 더 벌어야 합니다. 더 쟁여야 합니다. 더 촘촘하게 대책을 짜야 합니다.

오늘도 죽도록 대비하는 날! 아침부터 온갖 걱정에 골치가 아픕니다. 몸이 무겁습니다. 마음이 어수선합니다. '이러다 죽는 거 아니야?' 슬쩍 불길한 생각이 드는군요. 하지만 얼른 고개를 젓고 튕겨나갑니다. 이런 식으로 걱정과 불안을 억누르며 일만 하고 돈만 벌고 대비만 하다가 나는 정말 몸져 누울지 모릅니다. 병원에 실려 가고, 검사란 검사는 다 받고, 결국 심각한 얘기를 들을지 모릅니다. 마침내 생각한 대로 되는 거지요.

베어 하트는 "우리의 무의식은 우리가 의식적인 인식 속에 집어넣은 것에 반응을 한다"고 합니다. 그리고 "우리가 무의식 속에 집어넣은 것이 우리의 태도와 사고를 바꿈은 물론, 나중에는 우리의 몸까지 그것에 따르도록 만들어 버린다"고 하지요. 그러니 "주위에서 보이는 것이 온통 부정적이어도 늘 긍정적인 것을 찾아 그것을 활용하라"고 당부합니다.

> "어떤 상황이 모두 부정적이라고 생각하지 말라. 늘 긍정적인 측면이 있게 마련이다. 그것을 찾고, 추구하고, 활용하라. 그것이 부정적인 측면을 상쇄시킨다. 내 말에 수긍이 가지 않으면 어두운 방에 들어가 성냥을 그어 보라. 그렇게 하면 즉시 어둠이 사라진다." [26]

이어지는 그의 당부! 하나, 설령 끔찍한 일에도 이렇게 얘기하라. "고맙습니다." 거기에 무언가 교훈이 있기 때문이다. 둘, 상황을 탓하지 말라. 중요한 것은 상황이 아니라 상황에 대처하는 우리의 반응이다. 셋, 삶의 밝은 면과 어두운 면을 균형 있게 추구하라.

그러니까 내가 부정적인 상황을 대하는 방식은 크게 세 갈래입니다.

200

하나, 부정적인 측면에 매달려 부정적인 생각을 완성한다.

둘, 　숨고 피하고 도망다니면서 죽도록 대비한다.

셋, 　긍정적인 측면을 찾고 추구하고 활용한다.

첫 번째는 결국 생각한 대로 됩니다. 나는 불행을 심고 키우고 완성하지요. 두 번째 또한 첫 번째와 같습니다. 숨고 피하고 도망다니는 것 자체가 끊임없이 불행을 의식하면서 심고 키우는 것이기 때문입니다. 죽도록 대비하려는 완벽주의의 밑바닥에는 늘 불행에 떠는 두려움이 깔려 있습니다. 나는 결국 두려워하는 상황을 끌어들일 겁니다. 세 번째는 어떤가? 그것 또한 생각한 대로 됩니다. 긍정의 씨앗을 심고 가꾸면 결국 긍정의 나무가 자라지요. 희망의 빛이 절망의 어둠을 물리칩니다. 과연 그런가? 확인은 각자의 몫입니다. 셋 중 어느 하나를 골라 확인할지 그것은 언제나 각자의 몫, 각자의 자유입니다.

밥땐
밥만

🍀

밥 먹을 때 밥만 먹나요? 반찬도 먹고 물도 마신다고요? 그렇군요. 그런 거 다 쳐서 밥 먹을 때 밥만 먹나요?

먹기 명상을 할 때는 보통 그렇게 합니다. 찬찬히 밥 먹는 과정을 살피면서 밥만 먹습니다. 밥맛을 음미하면서 밥만 먹습니다. 실제로 해 보니 매우 어렵더군요. 완전 자동이 된 일을 일일이 수동으로 바꾸려니까 헷갈려서 밥맛이 나지 않더군요. 몇 번 해 보다가 도로 물렀습니다.

그 대신 다른 수를 쓰기로 했습니다. 밥을 아주 느긋하게 먹는 겁니다. 이것도 얼마나 느긋해야 하는지 가늠하기 어려워서 한 가지 방편을 더 썼습니다. 어디서 누구와 무엇을 어떻게 먹든 제일 늦게 숟가락을 내려놓는 겁니다. 일일이 밥 먹는 과정을 살피지 않아도 됩니다. 밥맛을 음미하느라 애쓰지 않아도 됩니다. 그냥 느긋하게만 먹으면 됩니다. 지금 이 밥상에서 맨 마지막이 될 때까지 마냥 느긋하게! 이것이 결국 먹기 명상과 비슷하게 될 거라고 본 거지요.

이 방법은 나름 효과가 있었습니다. 이제는 느긋하게 먹는 게 몸에 배어 남들처럼 빨리 먹을 수가 없습니다. 대신 밥도 더 오래 씹고 밥맛도 더 즐기게 됐지요. 밥 먹을 때의 도道는 역시 밥만 먹는 겁니다. 다른 일은 다 빼고 맛있게 밥만 먹는 겁니다. 얼른 먹고 딴 일 해야겠다는 생각을 접고 오로지 밥만 먹는 겁니다. 이렇게 먹으면 밥맛도 나고 감사하는 마음도 우러납니다.

그런데 어쩌다가 다시 샛길로 빠졌습니다. 너무 느긋해져서 라디오를 들으면서 먹고, TV를 보면서 먹고, 스마트폰을 만지작거리면서 먹고, 문자를 주고받으면서 먹고…. 밥 먹는 시간이 엿가락처럼 늘어지면서 세월 가는 줄 모르게 된 겁니다.

밥 먹는 건 일도 아니라며 마음은 자꾸 다른 일을 덧붙입니다. 심심하게 어떻게 밥만 먹냐며 자꾸 가욋일을 끌어들입니다. 그 마음의 덫에 또 걸려들었습니다. '얼른 먹고 딴 일 하자'는 덫을 피하고 방심하다가 '느긋하게 딴짓하면서 먹자'는 덫에 걸려든 거지요. 그래서 밥 먹으며 하염없이 딴짓에만 정신을 팝니다.

하루 두 끼를 한 지 11년이 됐습니다. 하루에 두 번씩 마음의 덫을 확인할 수 있는 거지요. 그 덫은 크게 두 가지입니다. 하나는 '얼른 먹고 딴 일 해야지' 하는 덫. 전에는 주로 이 덫에 걸렸습니다. 그래서 밥 먹을 때는 치울 것을, 치울 때는 쉴 것을 생각하며 달렸습니다. 쉴 때는 또 일할 것을 생각하며 달렸지요. 결국 단 한 번도 '지금 하는 일'에 머물지 못했습니다. 마음은 언제나 '다음 할 일'에 있었습니다.

또 한 가지는 '딴짓하면서 먹어야지'하는 듯. 이른바 멀티 태스킹입니다. 음악도 듣고, 뉴스도 보고, 메일도 살피고, SNS도 하면서 밥을 먹으니 아주 효율적인 것 같습니다. 하지만 사실은 다 대충대충이지요. 음악도, 뉴스도, 메일도, SNS도 모두 밥 먹는 일의 배경 소음처럼 어수선합니다. 밥맛도 결국 어수선합니다.

밥 먹을 때는 밥만 먹으며 밥을 즐기는 것! 밥 먹을 때의 도는 이렇게 간단합니다. 누구나 하루 두세 번 이 도를 닦을 수 있습니다. 내 마음이 얼마나 바쁘게 앞으로만 내달리는지, 아니면 얼마나 어수선하게 여러 가지 일을 뒤섞는지 확인할 수 있습니다. 뉴스나 오락거리나 노랫가락을 배경 소음으로 깔아 놓고 스마트폰을 만지작거리면서 먹거나, 헐레벌떡 허겁지겁 먹어 치우거나, 지지고 볶고 와자지껄 떠들면서 게걸스럽게 먹고 마시거나, 살찌면 안 된다며 먹는 둥 마는 둥 깨작거리며 먹는다면 아! 우리는 얼마나 먹는 도에서 멀어진 것인가요? 어느 세월에 제대로 한번 먹어 볼 건가요?

가슴으로 가는 길

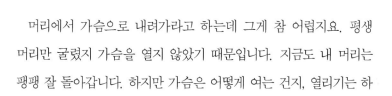

머리에서 가슴으로 내려가라고 하는데 그게 참 어렵지요. 평생 머리만 굴렸지 가슴을 열지 않았기 때문입니다. 지금도 내 머리는 팽팽 잘 돌아갑니다. 하지만 가슴은 어떻게 여는 건지, 열리기는 하는 건지 잘 모르겠습니다.

머리에서 가슴까지 얼마나 먼가요? 재 보면 두어 뼘인데 왜 그렇게 가기 힘든 건가요? 무슨 장애물이 그리도 많은 건가요? 신영복 님은 머리에서 가슴으로 갔으면 거기서 다시 발로 가라고 하셨는데 아휴, 가슴도 먼데 거기서 또 가야 한단 말이죠?

지금도 나는 가슴으로 가려고 끙끙 머리를 굴리고 있습니다. 너무 굴려 머리가 아픕니다. 하지만 가슴으로 가는 길은 절대 머리로 열 수 없습니다. 이제 그 감이 오는군요. 가슴의 길은 머리를 떠나야 비로소 다가온다는 걸. 머리에서 시작하지만 머리를 벗어나야 가슴의 길이 열린다는 걸. 머리를 굴리면서 머리에서 빙빙 돈다면 평생 머리를 떠날 수 없다는 걸.

머리는 오만 가지 생각으로 시끌벅적한 곳입니다. 숱한 개념과 관념과 이념이 거미줄처럼 촘촘한 곳입니다. 선을 긋고 편을 가르는 시비와 분별이 만연한 곳입니다. 반대로 가슴은 텅 빈 듯 고요한 곳입니다. 가만히 사랑으로 품는 곳입니다. 머리에서 가슴으로 가자고 외치는 것은 마치 조용히 하자고 소리를 지르는 것과 같습니다. 가슴으로 가려면 소란한 생각을 멈추고 그냥 조용해지는 수밖에 없습니다.

그렇습니다. 생각을 멈추면 가슴으로 갑니다. 그런데 생각을 멈추지 못하지요. 도무지 생각 없이 살 수가 없지요. 거칠고 험한 세상에 어떻게 생각 없이 사나요? 그건 정말 위험한 거죠. 아주 멍청한 짓이죠. 생각 빼면 나도 없다고요. 유명한 데카르트도 말했잖아요. "나는 생각한다. 고로 존재한다!"

정말 그렇게 생각한다면 당신은 생각 중독자입니다. 잠시도 생각 없이는 불안해서 견딜 수 없는 생각 강박증 환자입니다. 생각이 너무 많아 머리가 터질 것 같은데도 스스로 생각을 멈출 수 없는 고질적인 상태가 된 거지요.

이런 상태를 고치려면 우선 내가 머리로만 산다는 사실을 알아차려야 합니다. 나아가 스스로 생각을 끊기 어려운 생각 중독자라는 진실도 받아들여야 합니다. 그리고 생각을 멈추는 연습을 해야 합니다. 생각을 떠나 느낌에 집중해야 합니다. 명상이 바로 그런 거죠. 생각에서 한발 물러나 생각을 바라보는 자리에 서는 것. 생각을 무심코 바라보는 거리를 굳건히 지키는 것. 그러다가 문득 그 자리가 생각 한 점 없는 고요한 가슴임을 깨닫는 깃.

아, 그렇군요. 그 가슴! 그것은 내가 당신을 사랑할 때의 가슴이었고, 대자연에 감동할 때의 가슴이었고, 한 떨기 꽃에 반할 때의 가슴이었군요. 황금빛 저녁노을에 물들 때의 가슴이었고, 밤하늘의 별을 바라볼 때의 가슴이었군요. 한 줄기 산들바람에 실리고 싶고, 깊고 푸른 가을 하늘로 빨려들고 싶고, 하얀 눈송이 펑펑 날리는 설원으로 내달리고 싶을 때의 가슴이었군요. 무언가 알 수 없는 신비감에 젖어 저들과 내가 어디선가 섞이고 있다고 느낄 때의 가슴이었군요.

나에게 그런 가슴이 있고, 그 가슴이 적잖이 열렸었군요. 머리를 떠난 그 가슴에는 아무런 생각이 없는데도 왠지 더 선명하고 더 분명하고 더 다정하고 더 충만했던 순간들! 그 가슴의 자리에서 내 마음은 진정 평화로웠고, 내 머리는 샘물처럼 맑았으며, 나는 더 이상 삶의 의미를 묻지 않고 행복했다는 걸 내가 깜박 잊었군요.

물론 머리는 쓰라고 있는 거니까 유용하게 잘 써야겠지요. 그러나 죽도록 머리만 굴리다가 머리에서 길을 잃고 머리에 갇히면 낭패입니다. 에크하르트 톨레는 "생각에만 빠진 것이 바로 인간의 문제"라고 하지요. 그러니 이제부터 생각에만 빠지지 말고 가슴에도 빠지는 연습을 해 보시죠. 머리에서 가슴으로 풍덩! 방법은 머릿속

생각을 바라보고 바라보고 바라보고…. 가슴에서 일어나는 느낌에
맡기고 맡기고 맡기고…. 부디 힌트가 되길.

인생 드라마 감상법

인생은 드라마입니다. 한 편의 드라마입니다. 내가 찍고 내가 보는 드라마입니다. 이 말에 동의하시나요? 동의한다면 인생도 드라마 보듯 즐길 수 있어야겠지요.

드라마라면 다들 편히 봅니다. 편한 자리에서 재밌게 봅니다. 드라마는 저기 있고 나는 여기 있습니다. 드라마는 저기서 돌아가고 나는 여기서 바라봅니다. 인생 드라마를 보는 법도 똑같습니다. 편한 자리에서 재밌게 봅니다. 그런데 과연 그런가요? 인생 드라마는 저기 있고 나는 여기 있나요? 인생 드라마는 저기서 돌아가고 나는 여기서 바라보나요?

나는 아닙니다. TV 드라마라면 편하게 잘 봅니다. 그런데 인생 드라마는 그러지 못합니다. 도무지 그럴 수가 없습니다. 왜?

드라마에 푹 빠졌기 때문이지요. 드라마에 홀딱 빨려들었기 때문이지요. 나는 드라마 속에서 드라마에 휩쓸립니다. 이 일이 터지면 이 일에, 저 일이 터지면 저 일에 매달립니다. 드라마가 저기 있고 나도 저기 있습니다. 드라마가 저기서 돌아가고 나도 저기서 돌아갑니다. 드라마와 나 사이에 거리가 없습니다.

무엇이든 바라보려면 거리가 필요합니다. 거리가 없으면 바라봄도 없습니다. 인생 드라마를 바라보고 싶은가요? 그렇다면 거리를 만들어야 합니다. 나는 지금 무대 위에 있습니다. 무대 위에서 인생 드라마를 찍고 있습니다. 나는 내 드라마의 주인공입니다. 하지만 감독이기도 하지요. 감독은 무대에 서지 않습니다. 무대 밖에서 무대를 바라봅니다. 무대를 총지휘합니다.

감독의 자리에 서면 무대가 보입니다. 드라마가 드라마로 다가옵니다. 무대에 빨려든 사람은 그럴 수 없습니다. 무대를 무대로 바라볼 수 없습니다. 드라마를 드라마로 받아들일 수 없습니다. 그에게는 무대가 전부입니다. 온 세상입니다. 빠져 나올 수 없는 현실입니다.

그러니 사는 게 출구 없는 미로처럼 갑갑하고 정신 사나울 때는 얼른 감독의 자리로 물러서세요. 나는 그럴 수 있습니다. 나는 무대 위의 광대보다 큰 존재니까요. 내 인생 드라마를 살피고 지휘하는 총감독이니까요. 감독의 자리로 물러나 거리를 만들 때 비로소 나는 무대를 바라봅니다. 드라마를 드라마로 받아들입니다. 아무리 정신 사납게 휩쓸려 다녀도 그게 다 무대 위의 해프닝이라는 걸 압니다. 기왕이면 정신 바짝 차리고 더 잘 찍는 쪽으로 드라마를 이끌어 갑니다.

드라마를 찍는데 자리를 비우는 감독은 없습니다. 아무리 무책임한 감독이라도 그러진 않습니다. 나 또한 감독의 자리를 잘 지켜야 합니다. 자리를 뜨면 내 인생 드라마는 엉망이 됩니다. 뒤죽박죽 정신 사납게 됩니다. 감독 없는 드라마가 제대로 굴러갈 리 없지요. 당신은 지금 어떤가요? 감독의 자리를 잘 지키고 있나요? 내가 내 인생 드라마의 주연일 뿐만 아니라 그 주연을 살피는 감독이라는 것을 잊지는 않았나요?

내 마음의 영화를 보는 법

1.

그대, 영화를 보려고 극장에 갈 필요가 없습니다. 시간을 맞출 필요도 없습니다. 지갑과 안경을 챙길 필요도 없습니다.

그대, 눈만 감으면 당장 이 자리에서 영화를 볼 수 있습니다. 내 안에 극장이 있습니다. 연중무휴 무료로 상영하는 '마음의 극장'이 있습니다. 극장 가기 어려울 때, 상영 시간이 안 맞을 때, 안경 챙기기 번거로울 때, 그래도 꼭 영화를 보고 싶을 때 내 마음의 극장으로 가시죠. 더구나 공짜라지 않은가요.

어떻게 가나? 이미 말했습니다. 눈을 감습니다. 눈을 감으면 극장으로 들어간 거지요. 내 마음의 극장도 여느 극장처럼 캄캄합니다.

그래야 영화를 틀 수 있으니까요. 눈을 감았으면 얼른 자리를 잡고
영화를 보시죠. 영화는 마냥 돌아갑니다. 마음의 스크린에 생각들
이 흘러갑니다. 숱한 생각들이 떠오르고 떠나갑니다. 그 생각들을
보시죠. 그 생각들이 다 영화입니다. 얽히고설킨 이야기입니다. 오
만 가지 사연이 춤추는 영상입니다.

영화를 어떻게 보는지 잘 아시지요. 가만히 제자리에 앉아서 봅
니다. 딴 생각 않고, 애먼 짓 않고 봅니다. 졸지 않고, 자지 않고 봅
니다. 영상과 이야기가 흘러가는 대로 봅니다. 누구나 이렇게 영화
를 보지요. 여주인공이 예쁘다고 쫓아가지 않습니다. 악당 같은 놈
이라고 다투지 않습니다. 탐나는 것이라고 움켜쥐지 않습니다. 그
건 무대 위로 뛰어오르는 거지요. 스크린에 삿대질하는 거지요. 누
구도 극장에서 그러지 않습니다. 그래 봤자 소용없습니다. 재밌는
영화만 놓칩니다.

마음의 극장이라고 무엇이 다르겠습니까? 눈만 감았지 하나도 다
르지 않습니다. 가만히 제자리에 앉아서 봅니다. 딴 생각 않고, 애
먼 짓 않고 봅니다. 졸지 않고, 자지 않고 봅니다. 떠오르는 생각들
이 흘러가는 대로 봅니다. 이 생각이 좋다고 뒤쫓지 않습니다. 저
생각이 싫다고 내치지 않습니다. 그 생각이 멋지다고 붙잡지 않습
니다. 누구도 극장에서 그러지 않습니다. 마음의 극장에서도 그러
면 안 됩니다. 그건 무대 위로 뛰어오르는 것이니까요. 스크린에 삿
대질하는 것이니까요. 그래 봤자 소용없습니다. 재밌는 영화만 놓칩
니다.

생각을 하는 것은 마음의 영사기를 돌리는 것입니다. 생각을 바라보는 것은 영사기에서 돌리는 영화를 감상하는 것입니다. 이 둘의 차이를 잘 아시겠지요. 지금 영화를 상영하는 자는 마음입니다. 그렇다면 영화를 보는 자는 누구인가요? 가만히 앉아서 영화를 즐기는 자는 누구인가요? 그는 바로 나입니다. 지금 내 마음의 영화를 보는 자는 나밖에 없으니까요. 내 마음의 영화는 나밖에 볼 수 없으니까요. 내 마음의 극장은 나만의 전용관이니까요.

그런데 참 이상합니다. 내 마음의 극장에서 나만의 영화를 보는 게 왜 이리도 어려운가요? 돈 내고 극장 가면 잘도 보는 영화를 마음의 극장에서는 도저히 못 보는 것인가요? 그냥 극장에서는 두 시간이고 세 시간이고 꼼짝 않고 잘도 있는데 어째서 마음의 극장에서는 안절부절 잠시도 가만히 있지 못하는 것인가요?

2.

내 마음의 극장! 눈을 감으면 입장이라고 했지요. 그다음엔? 영화를 봅니다. 내 마음의 영사기가 돌리는 생각들을 바라봅니다. 그게 왜 그리 어려운가요?

생각을 바라본 적이 없기 때문입니다. 영화를 볼 때는 저게 영화라는 걸 알면서 봅니다. 그런데 생각을 할 때는 저게 생각이라는 걸 알면서 생각하지 않습니다. 오로지 생각할 뿐 적당한 거리에서 그 생각을 바라보지 않습니다. 마음의 영사기는 돌아가는데 도무지 보는 자가 없습니다. 그 보는 자는 어디로 갔나요?

내 마음의 극장에서 영화를 보려면 생각을 생각으로 바라볼 수 있어야 합니다. 지금부터 연습해 보시죠. 생각을 생각으로 바라보는 연습!

먼저 제자리에 앉습니다. 누구나 극장에 가면 자기 자리부터 찾아 앉지요. 마음의 극장에서도 똑같습니다. 마음의 극장에서 제자리는 호흡입니다. 제 호흡을 살피는 것이 제자리를 찾아 앉는 겁니다. 제 호흡을 살피지 않으면 남의 자리로 돌아다니는 겁니다. 극장에서 그런 사람은 없습니다. 내 마음의 극장에서도 그러면 안 됩니다.

제자리에서 마음을 가다듬고 숨을 편안하게 하세요. 숨이 편안해졌나요? 편안해진 숨을 살피고 있나요? 그렇다면 나는 제자리에서 마음의 스크린을 보고 있는 겁니다. 그렇지 않다면 제자리에서 딴짓하는 겁니다. 극장에 가서도 그러나요? 스크린은 안 보고 딴짓하나요?

숨을 편안히 살피고 있다면 이제 영화를 봅니다. 호흡을 살피는 중에도 이런저런 생각들이 자꾸 떠오릅니다. 그 생각들을 봅니다. 그 생각들이 바로 영화입니다. 마음의 스크린을 채우는 드라마입니다. 생각들은 떠오르고 떠나갑니다. 내 마음의 영사기는 끝도 없이 생각을 돌립니다.

나는 돌고 도는 생각들을 바라봅니다. 오면 오는 대로, 가면 가는 대로! 그 생각들을 쫓아가면 안 됩니다. 붙잡아도 안 됩니다. 그 생각들에 사로잡혀서도 안 됩니다. 그건 영화를 보는 게 아니지요. 다 지나간 장면에 매달리는 겁니다. 무대 위로 펄쩍 뛰어오르는 겁니다. 스크린에 삿대질하는 겁니다. 극장에서 그런 사람은 없습니다. 내 마음의 극장에서도 그러면 안 됩니다.

그런데 참 이상하지요. 그게 잘 안됩니다. 나는 생각을 바라보지 않습니다. 오로지 생각만 합니다. 생각을 쫓아가고 붙잡고 생각에 사로잡히기만 합니다. 어쩌면 당연합니다. 평생 그래왔기에. 늘 생각만 하고 살았기에. 한시도 생각에서 떨어진 적이 없기에. 이제 와서 갑자기 생각에서 떨어지려니 떨어질 수가 없습니다. 적당히 거리를 둘 수가 없습니다. 그래서 연습이 필요합니다. 생각에서 떨어져 생각을 생각으로 바라보는 연습!

사실 생각을 바라보는 것은 아주 새로운 체험입니다. 생각을 생각으로 바라볼 때 돌연 '바라보는 자'가 드러납니다. 이 갑작스런 존재, 그는 누구인가요? 지금 생각하는 자는 누구이고 그 생각을 바라보는 자는 누구인가요?

헷갈릴 것 없습니다. 극장에서 나는 영화를 보는 자입니다. 영화를 돌리는 자는 내가 아닙니다. 마음의 극장에서도 똑같습니다. 나는 생각을 바라보는 자입니다. 생각을 돌리는 자는 내가 아닙니다. 생각을 돌리는 자는 마음입니다. 언제나 그렇습니다. 마음은 생각하고 나는 바라봅니다. 마음은 상영하고 나는 관람합니다.

내 마음의 극장! 그곳에선 영화만 볼 수 있는 게 아닙니다. '바라보는 자'를 깨닫고 발견하는 실존적 체험도 할 수 있습니다. 나는 생각이 아닙니다. 생각하는 마음도 아닙니다. 나는 생각과 생각하는 마음을 바라보는 자입니다. 생각과 생각하는 마음을 알아차리는 의식입니다. 그 환한 빛같은 존재! 그를 내 영혼이라고 해도 되겠지요. 내 마음의 극장에서 문득 내 영혼을 만납니다. 그 놀라움! 그 기쁨!

추억이 아름다운 이유

모든 추억은 아름답습니다. 왜 아름다울까요?

저 멀리 흘려보냈기 때문입니다. 저만치서 바라보기 때문입니다. 저 멀리 흘려보내지 않았으면, 저만치서 바라볼 수 없으면, 아직 추억이 아닙니다. 나는 그날의 생각에 사로잡혀 있습니다. 그날의 감정에 휩싸여 있습니다. 그날의 욕망에 휘둘리고 있습니다. 내려놓지 않은 집착이, 떨치지 않은 미련이, 씻어 내지 않은 상처가, 삭이지 않은 분노가, 허물지 않은 원한이 지금도 나를 옥죄고 있습니다.

추억은 희미한 옛 사랑의 그림자, 그렇게 흘러간 옛 영화를 보는 것! 나를 사로잡던 열정도, 나를 휘두르던 욕망도 다 흘러갔습니다. 꿈같은 만남도, 애타는 그리움도, 달콤한 사랑도 다 흘러갔습니다. 차디찬 미움도, 불같은 증오도, 쓰라린 이별도 다 흘러갔습니다. 마음을 후비던 아픔도, 나락 같던 슬픔도, 견딜 수 없던 고통도 다 흘러갔습니다. 정 둘 곳 없던 방황도, 웅어리진 외로움도, 어깨를 짓누르던 근심도 다 흘러갔습니다. 경황없던 그날도, 골치를 썩이던 그 사람도, 한치 앞이 안 보이던 그 문제도 다 흘러갔습니다. 강물처럼 흘러 흘러 걸러지고 맑아졌습니다. 모두 지난 일이 되어 아름답습니다. 아련하고 애틋합니다.

나는 그날을 떠올리되 그날의 생각에 사로잡히지 않습니다. 나는 그날을 그리워하되 그날의 감정에 휩싸이지 않습니다. 나는 그날을 아쉬워하되 그날의 욕망에 휘둘리지 않습니다. 그것들은 다 지나갔기에. 모두 마음의 스크린에 펼쳐지는 추억의 영상이기에. 다시 매달리고 달려들어도 아무 소용없기에.

지금 괴로운가요? 그렇다면 흘려보내지 않는 겁니다. 바라보지 않는 겁니다. 사로잡히고, 휩싸이고, 휘둘리는 겁니다. 그러니 생각이든, 감정이든, 욕망이든 얼른 시간의 물살에 놓아 버리세요. 마음의 강물에 흘려보내세요. 저만치 물러나 가만히 바라보세요. 마치 흘러간 옛 영화를 보듯.

그럴수록 맑아질 겁니다. 추억만큼 아름다워질 겁니다. 추억보다 흥미진진해질 겁니다. 추억은 결말을 알고 보는 빛바랜 영화지만 지금 상영하는 영화는 누구도 결말을 모르는 최신 개봉작이기에.

나는 오늘도 삶이라는 생생한 영화를 봅니다. 마음의 스크린에 펼쳐지는 오만 가지 사연들의 춤사위를 봅니다. 저만치서 바라봅니다. 저 영화에서 나를 사로잡는 생각은 내가 아닙니다. 나를 휩싸는 감정은 내가 아닙니다. 나를 휘두르는 욕망은 내가 아닙니다. 그것들이 어떤 이야기를 엮어 내든, 그 사연이 얼마나 파란만장하든, 모든 흘러가는 것은 내가 아닙니다.

나는 그것들을 바라보는 자입니다. 추억처럼 아름답고 추억보다 흥미진진한 오늘의 영화를 즐기는 자입니다. 그것들에 사로잡히고, 휩싸이고, 휘둘리지 않는 자입니다. 나는 모든 흘러가는 것을 바라보는 맑은 의식이기에. 모든 흘러가는 것을 비추는 환한 빛이기에. 오직 그것만이 나에게서 떠나가지 않는 진정한 나이기에.

마음대로 명상

명상이란 맑고 밝고 고요하게 깨어 있는 상태지요. 이 상태로 이
끄는 길은 다 명상의 길입니다. 눈 감고 가만히 앉아 있는 것만이
명상은 아니지요. 그동안 나름대로 배우고 익힌 것들을 걸러서 내
나름의 명상 프로그램을 만들었습니다. 나는 이 길로 가는 명상을
좋아합니다.

어렵지 않으니 지금부터 따라 해 보시지요. 당신도 분명 맑고 밝
고 고요해질 겁니다. 이 프로그램의 핵심은 '마음대로 편한 대로'입
니다. 그래서 '마음대로 명상'이지요. 다시 한번 숙지하실까요. 내
마음대로 한다. 나 편한 대로 한다. 몸과 마음을 다 내려놓고 텅 비
우는 명상이니 '텅 비우기 명상'이라고 해도 좋겠습니다.

❶ 마음껏 숨쉬기

마음껏 숨을 쉽니다. 깊이 들이쉬고, 길게 내쉽니다. 그 외에 다른 규칙은 없습니다. 오로지 깊이 들이쉬고, 길게 내쉽니다.

최대한 깊은 들숨. 온몸에 공기를 가득 채웁니다. 모든 세포에 공기를 밀어 넣습니다. 최대한 긴 날숨. 온몸의 공기를 다 비웁니다. 모든 세포의 공기를 다 빼냅니다. 들숨이 날숨보다 길 수도 있고, 그 반대일 수도 있습니다. 어떤 경우든 억지 리듬을 만들지 않습니다.

5분간 이렇게 숨 쉽니다. 시간 재기가 번거로우면 20~30번 반복합니다. 누구든 1분에 5번 이상 깊고 길게 숨 쉬지 못할 겁니다. 그러니 평소 우리의 호흡은 얼마나 얕고 짧은가요.

❷ 마음껏 풀기

마음껏 몸을 풉니다. 가장 뻐근한 곳부터 자유롭게 몸을 풉니다. 그 외에 다른 규칙은 없습니다. 오로지 풀고 싶은 곳부터 요령껏 몸을 풉니다.

어디가 가장 쑤시는지, 갑갑한지, 뭉쳐 있는지 살펴봅니다. 검색 순서에 따라 쑤시고, 갑갑하고, 뭉쳐 있는 곳을 풉니다. 허리가 아프면 허리를 풉니다. 허리를 앞으로 굽혔다 폈다, 옆으로 기울였다 바로 했다, 크게 돌리고 작게 돌리고, 손으로 두드리고 주무르고…. 허리가 시원해질 때까지 허리에 정성을 다합니다. 그다음 어깨라면 어깨도 그렇게 합니다. 기분 좋을 때까지 합니다. 다음은 목? 그것도 마음대로 편한 데로 요령껏 푸세요.

15분간 이렇게 몸을 풉니다. 시간 재기가 번거로우면 굳이 잴 필요 없습니다. 가장 풀고 싶은 곳부터 차례로 네댓 곳 이상 실컷 풀면 15분이 금세 갑니다. 사실 내 몸에 뻣뻣하게 굳은 곳, 딱딱하게 뭉친 곳, 갑갑하게 막힌 곳, 콕콕 쑤시고 아픈 곳이 얼마나 많은가요.

❸ 마음껏 털기

마음껏 몸을 텁니다. 주저 없이 몸을 흔듭니다. 그 외에 다른 규칙은 없습니다. 오로지 내 마음대로 흔듭니다.

눈치 보지 않습니다. 억누르지 않습니다. 자제하지 않습니다. 탈탈 텁니다. 부들부들 떱니다. 뱅뱅 돕니다. 펄쩍펄쩍 뜁니다. 비비꼽니다. 그것으로 부족하면 가슴을 칩니다. 소리를 지릅니다. 울고불고 웃습니다. 모든 동작과 모든 표정과 모든 소리를 허용합니다.

춤을 춥니다. 아프리카 원주민처럼, 아메리카 인디언처럼. 무아의 춤을 춥니다. 가슴을 울리는 북소리처럼 진동합니다. 둥둥둥둥 둥둥둥둥. 내 몸의 세포들을 진동시킵니다. 세포 안에 스민 거친 기운들이 열에 들떠 뿜어져 나올 때까지. 세포 속에 배인 분노와 우울의 덩어리들이 불길에 휩싸여 다 타 버릴 때까지.

10분간 이렇게 텁니다. 마음껏 터는 것이 '마음대로 명상'의 하이라이트입니다. 이걸 위해 마음껏 숨쉬고 마음껏 풀면서 몸을 준비시켰습니다. 이제 폭발합니다. 나는 춤입니다. 진동입니다. 불꽃입니다. 시간 재기가 번거로우면 굳이 잴 필요 없습니다. 완전히 다 털어서 더 이상 털 힘이 없을 때 멈추면 됩니다.

❹ 마음껏 퍼지기

마음껏 퍼집니다. 퍼져서 아무것도 하지 않습니다. 그 외에 다른 규칙은 없습니다. 세상에서 가장 편한 자세로 눕습니다. 그리고 아무것도 하지 않습니다.

오로지 쉽니다. 완전히 퍼집니다. 이미 풀 만큼 풀고, 털 만큼 털었습니다. 더 이상 풀 곳이 없습니다. 더 이상 털 힘도 없습니다. 이제 모든 것을 놓아 버립니다. 휴식합니다. 깊은 고요에 잠깁니다. 내 몸이 바닥에 녹습니다. 슬슬 잠깁니다. 스밉니다. 나는 고요입니다. 평화입니다.

10분간 이렇게 퍼집니다. 시간 재기가 번거로우면 굳이 잴 필요 없습니다. 그냥 퍼지고 싶은 만큼 퍼집니다. 깜박 졸아도 좋습니다. 잠깐 잠이 들어도 좋습니다.

❺ 그대로 멈추기

조용히 일어나 자리에 앉습니다. 좌선 자세를 잡고 절대 움직이지 않습니다. 그 외에 다른 규칙은 없습니다. 오로지 완전 멈춤! 절대 움직이지 않습니다.

허리를 곧게 펴고 턱은 약간 당깁니다. 눈을 감고 입은 닫습니다. 손은 모아 무릎 위나 배꼽 아래에 둡니다. 어려우면 의자에 앉습니다. 어떤 식이든 한번 자세를 잡으면 절대 움직이지 않습니다. 규칙은 단 하나, 지금 그 자리에서 동작 그만!

좌선은 쉽지 않습니다. 누구든 하루아침에 고수가 될 순 없습니다. 태권도 9단이나 바둑 9단이 그냥 될 리 없지요. 좌선 9단도 마찬가지입니다. 그것은 몸과 마음을 다스리는 과정을 거쳐야 합니다. 단호하고 끈기 있는 수련이 필요합니다. 지금까지 40분 동안 몸과 마음이 하고 싶은 대로 했습니다. 그러니 이제 몸과 마음에게 요구하세요. 그만 움직일 것을 지시하세요. 10분간 완전 멈춤을 명하세요. 몸과 마음이 조복하고 멈추면 마침내 명상의 길에 들어선 겁니다. 나는 몸과 마음을 넘어 맑고 밝고 고요하게 깨어납니다.

'마음대로 명상'은 50분 걸립니다. 그러나 시간에 구애받을 필요는 없습니다. 몸과 마음의 상태에 따라 탄력적으로 조정합니다. 뻐근한 날에는 '풀기'를 늘립니다. 피곤한 날에는 '퍼지기'를 늘립니다. 스트레스가 많은 날에는 '털기'를 늘립니다. 아침에는 '숨쉬기'와 '풀기', 저녁에는 '털기'와 '퍼지기'만 해도 좋습니다. 짬짬이 어느 하나만 즐겨도 괜찮습니다. 1~4번을 다 묶어서 30분 동안 하고 5번을 20분으로 늘려도 좋습니다. 당신은 분명 맑아지고 밝아지고 고요해질 겁니다. 텅 비우고 충만할 겁니다.

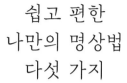

쉽고 편한
나만의 명상법
다섯 가지

명상이라고 너무 어려울 것 없지요. 너무 심각할 것 없지요. 꼼짝 없이 앉아서 호흡을 세는 것만이 명상은 아닙니다. 이보다 쉽고 편 하고 효과적인 명상들이 많이 있습니다. 지금부터 그것들을 찾아 서 쉽고 편하고 효과적으로 명상을 하시죠. 나에게 잘 맞고 잘 먹 히는 명상을 하시죠. 그래서 더욱 평안하시길. 더욱 행복하시길. 다음은 나에게 맞는 그런 명상들입니다.

하나, 미소 짓기. 아침에 일어나면 미소 짓습니다. 어쩌다 틈이 나 면 미소 짓습니다. 심심하면 미소 짓습니다. 울적하면 미소 짓습니 다. 깊이 들이쉬고 내쉬면서 미소 하나! 깊이 들이쉬고 내쉬면서 미 소 둘! 깊이 들이쉬고 내쉬면서 미소 셋!

둘, 툭 하고 내려놓기. 온몸에 힘을 빼면서 투욱! 허파의 숨을 토

해 내면서 투욱! 어깨를 떨구고 팔을 늘어뜨리고 허리를 굽히면서 투욱! 목과 어깨와 배가 출렁일 정도로 무릎 관절을 꺾으면서 투욱! 온몸의 긴장을 일시에 풀어 버립니다. 몸과 마음의 짐을 홱 던져 버립니다. 투욱하면서 출렁 하나! 휴우하면서 출렁 둘! 털썩하면서 출렁 셋!

셋, 심호흡 세 번. 답답하면 심호흡합니다. 온몸이 터질 듯 빵빵하도록 들이쉬었다가 온몸이 완전히 쭈그러들도록 내쉬면서 하나! 또 한 번 깊이 깊이 들이쉬었다가 길게 길게 내쉬면서 둘! 마지막으로 깊이 깊이 들이쉬었다가 길게 길게 내쉬면서 셋!

넷, 녹아들기. 편하게 눈을 감고 그 자리에서 녹아듭니다. 햇살에 녹아듭니다. 바람에 녹아듭니다. 숲에 녹아듭니다. 강물에 녹아듭니다. 소리에 녹아듭니다. 향기에 녹아듭니다. 맛에 녹아듭니다. 음, 이 맛! 이 향기! 이 소리!

다섯, 슬로우 모션. 평소보다 두 배 느리게 움직입니다. 천천히 천천히 꼭 두 배 늘어뜨립니다. 습관적으로 서두를 때마다 슬로우 슬로우. 공연히 바쁠 때마다 느리게 느리게. 꼭 두 배 느리게 씻습니다. 꼭 두 배 느리게 걷습니다. 꼭 두 배 느리게 청소합니다. 꼭 두 배 느리게 먹습니다. 꼭 두 배 느리게 설거지합니다. 음, 이 여유! 이 평안! 이 행복!

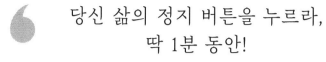

당신 삶의 정지 버튼을 누르라, 딱 1분 동안!

"당신 삶의 '정지 버튼'을 누르라. 딱 1분 동안."

'1분 명상법'을 가르치는 마틴 보로슨이 권합니다. 당신 삶에 '정지 버튼'을 누르라고, 딱 1분 동안 제대로 멈춰보라고 권합니다. 오늘 시간이 있거든 그저 한번 해 보라고, 내일도 시간이 있으면 그냥 한번 해 보라고, 아니, 사실은 지금 당장 해 보라고 권합니다.

지금 당장 해 볼까요? 숨가쁘게 돌아가는 내 삶에 일시 정지 버튼을 눌러볼까요? 시작합니다. "지금 당장 동작 그만! 딱 1분 동안 그대로 멈춰라!"

하던 일도 멈추고, 골치 아픈 생각도 멈추고, 분주한 움직임도 멈추고, 오로지 숨만 쉽니다. 딱 1분을 재기 번거로우면 딱 열 번만

숨을 쉽니다. 들이쉬고 내쉬고, 하나, 들이쉬고 내쉬고, 둘, 들이쉬
고 내쉬고, 셋…. 어떤가요? 평화롭지 않은가요?

딱 1분도 길고, 딱 열 번도 많다면 딱 한 번으로 하시죠. "지금 당
장 내 삶에 일시 정지 버튼을 누르고 동작 그만! 그대로 멈춰라!"
일도 멈추고, 생각도 멈추고, 움직임도 멈추고, 딱 한 번 온전하게
숨을 쉽니다.

> 눈을 감고 가만히
> 들이쉬고 내쉽니다.

> 깊이 들이쉬면서 '하늘'
> 길게 내쉬면서 '미소'

> 이 한 호흡에 나는
> 텅 빈 하늘로 날아갔다가
> 미소를 지으며 돌아옵니다.

> 새처럼 자유롭고
> 붓다처럼 평화롭습니다.

> 얼마나 행복한가요?

명상을 하려면 단 1분을 하더라도, 단 한 호흡을 하더라도 약발이 먹혀야겠지요. 단 한 순간이라도 제대로 멈춰서 달콤한 평화를 맛보는 게 억지로 한 시간을 하는 것보다 훨씬 낫겠지요. 그것이 행복의 묘약을 즐기는 비결일 겁니다. 그럼 행복의 묘약에 약발이 통하도록 지금 당장 해 볼까요?

지금 당장 동작 그만! 내 삶에 일시 정지 버튼을 누르고 그대로 멈춰라! 일도 멈추고, 생각도 멈추고, 움직임도 멈추고, 딱 한 번 온전하게 숨을 쉽니다. 깊이 들이쉬면서 '하늘', 길게 내쉬면서 '미소'. 평화롭게! 행복하게!

숨 쉬는 명상과
숨 쉬는 행복

세상에서 가장 쉬운 명상은 숨 쉬는 명상이고, 가장 쉬운 행복은 숨 쉬는 행복입니다. 과연 그런지 숨 쉬는 명상부터 해 보시죠. 시작합니다.

깊이 들이쉬면서 들이쉼을 음미합니다.
길게 내쉬면서 내쉼을 음미합니다. 끝!

너무 싱겁다구요? 아닙니다. 싱겁지 않습니다. 싱거웠다면 음미하지 않은 겁니다. 음미하면 절대 싱겁지 않습니다. 들이쉼은 얼마나 달콤한가요? 내쉼은 얼마나 편안한가요? 이렇게 달콤하고 편안한데 싱거울 리 없습니다. 다시 한번 진짜로 해 보시죠. 들이쉬고 내쉬고, 달콤하고 편안하고. 아쉽다구요? 그럼 한 번 더! 들이쉬고 내쉬고, 달콤하고 편안하고. 좋다구요? 그럼 한 번 더! 들이쉬고 내쉬고, 달콤하고 편안하고. 중요한 건 음미하는 겁니다. 음미하는 게 명상하는 겁니다. 음미가 곧 명상입니다. 음미 – 명상!

숨을 음미하는 순간 나는 숨과 함께합니다. 오로지 숨입니다. 다른 것은 끼어들지 못합니다. 음미하면서 딴생각 할 수 있나요? 없습니다. 음미하면 잡념이 사라집니다. 음미하면 시름을 잊습니다. 한 호흡에 모든 잡념을 멈출 수 있습니다. 모든 시름을 잊을 수 있습니다. 잡념을 멈추고 시름을 잊으니 얼마나 좋습니까? 얼마나 행복합니까?

들고나는 한 호흡에 나는 행복해졌습니다. 그래서 숨 쉬는 행복이 가장 쉬운 행복입니다. 한 번 더 1분 안에 확인해 드리지요. 1분만 숨을 멈춰 보시죠. 1분 참으셨나요? 못 참겠다구요? 됐습니다. 다시 숨을 쉬시죠. 끝! 숨을 쉬니 얼마나 행복합니까? 숨 쉬는 명상을 하면 즉시 숨 쉬는 행복이 다가옵니다. 숨 쉬는 명상이 곧 숨 쉬는 행복입니다. 숨 쉬는 명상 = 숨 쉬는 행복!

사실은 내가 곧 숨입니다. 나는 숨과 함께 와서 숨과 함께 살다가 숨과 함께 갑니다. 숨을 음미하는 건 살아 있음을 맛보는 겁니다. 생명의 기운과 달콤함을 즐기는 겁니다. 틱낫한 스님은 "깨어 있는 호흡은 삶의 기쁨을 만나는 순간"이라고 합니다. 어떤 행복이든 숨 쉬는 행복 위에서만 가능합니다. 모든 행복은 숨 쉬는 행복에서 출발하고, 모든 숨 쉬는 행복은 숨 쉬는 명상에서 출발합니다. 숨 쉬는 명상 → 숨 쉬는 행복 → 모든 행복!

숨 쉬는 명상은 가장 쉽고 가장 심오합니다. 그것을 익히면 지금 당장 행복할 수 있고, 죽을 때까지 행복할 수 있습니다. 나는 지금 숨 쉬고 있고, 죽을 때까지 숨 쉴 것이기 때문입니다. 숨 쉬는 행복도 가장 쉽고 가장 심오합니다. 그것을 알면 아무리 가난해도 행복할 수 있고, 아무리 힘들어도 행복할 수 있습니다. 아무리 가난해도, 아무리 힘들어도 숨만큼은 늘 내 곁에 있기 때문이지요. 숨은 내게 깃든 신의 맥박입니다. 궁극의 '있음' 스위치입니다.

숨 쉬는 명상과 숨 쉬는 행복에 삶의 비의가 숨어 있습니다. 들고 나는 한 호흡에 행복할 수 있다면 행복하기는 얼마나 쉬운 건가요? 숨만 쉬어도 행복한데 뭐가 더 아쉬운가요? 숨과 함께 고동치는 이 벅찬 생명의 노래여!

그런데도 나는 아무 생각 없이 숨을 쉽니다. 늘 그렇듯 호흡에 무의식적입니다. 오늘도 숨 가쁜 하루! 너무 바빠 숨을 쉬는지 마는지 음미할 틈이 없었습니다. 숨 쉬는 행복을 챙길 겨를이 없었습니다. 지금 이 순간의 행복을 누릴 경황이 없었습니다. 저 멀리 아른거리는 행복만 눈에 밟혔습니다.

이제는 그러지 말아야겠습니다. 나에겐 숨 쉬는 명상이 필요합니다. 이제부터 들고 나는 한 호흡이라도 숨 쉬는 명상을 해야겠습니다. 들이쉬고 내쉬고, 달콤하고 편안하고. 아쉽군요. 그럼 한 번 더! 들이쉬고 내쉬고, 달콤하고 편안하고. 좋군요. 그럼 한 번 더! 들이쉬고 내쉬고, 달콤하고 편안하고…. 이렇게 자꾸 늘려 가다 보면 아

무리 가난해도, 아무리 힘들어도 행복할 수 있겠지요. 죽을 때까지
행복할 수 있겠지요.

인용한 글

1   장석주 지음, 『단순한 것이 아름답다』, 문학세계사, 2016, 112쪽

2   헨리 데이비드 소로 지음, 한기찬 옮김, 『월든』, 소담출판사, 2010, 109쪽

3   존 쉴림 지음, 김진숙 옮김, 『천국에서 보낸 5년』, 웅진씽크빅, 2015, 71쪽

4   정원 지음, 『묻지 않는 자에게 해답을 던지지 말라』, 영성의숲, 2009, 4쪽

5   틱낫한·달라이라마 외 지음, 진우기·신진욱 옮김, 『이 세상은 나의 사랑이며 또
    한 나다』, 양문, 2000, 31쪽

6   김형국 지음, 『그 사람 장욱진』, 김영사, 1993, 116쪽

7   후쿠오카 마사노부 지음, 최성현 옮김, 『짚 한오라기의 혁명』, 녹색평론사,
    2011, 169쪽

8   같은 책, 21쪽

9   같은 책, 265~266쪽

10 허허당 지음, 『당신이 좋아요 있는 그대로』, RHK 두앤비컨텐츠, 2015, 43쪽

11 같은 책, 186쪽

12 같은 책, 107쪽

13 같은 책, 56쪽

14 댄 헐리 지음, 류시화 옮김, 『60초 소설』, 웅진닷컴, 2000, 25쪽

15 오쇼 라즈니쉬 지음, 설태수 옮김, 『에브리데이』, 고요아침, 2005, 202쪽

16 오쇼 라즈니쉬 지음, 이경옥 옮김, 『42장경 2』, 정신세계사, 2009, 156쪽

17 닐 도널드 월쉬 지음, 황하 옮김, 『신이 말해 준 것』, 연금술사, 2015, 21쪽

18 마하트마 간디 지음, 함석헌 옮김, 『간디 자서전』, 한길사, 2006, 566쪽

19 닐 도널드 월쉬, 앞의 책, 159쪽

20 베어드 T. 스폴딩 지음, 정창영 옮김, 『초인생활』, 정신세계사, 1992, 185~186쪽

21 닐 도널드 월쉬 지음, 조경숙 옮김, 『신과 나눈 이야기 3』, 아름드리미디어, 1999, 239쪽

22 마이클 A. 싱어 지음, 이균형 옮김, 『상처받지 않는 영혼』, 라이팅하우스, 2014, 279쪽

23 김영우 지음, 『빙의는 없다』, 전나무숲, 2012, 8~9쪽

24 이균형 지음, 『우주의 홀로그래피』, 정신세계사, 2015, 190쪽

25 베어 하트 지음, 형선호 옮김, 『인생과 자연을 바라보는 인디언의 지혜』, 황금가지, 1999, 157쪽

26 같은 책, 180쪽

도움받은 책

- 개리 레너드 지음, 강형규 옮김, 『사랑은 아무도 잊지 않았으니』, 정신세계사, 2014
- 개리 레너드 지음, 이균형 옮김, 『우주가 사라지다』, 정신세계사, 2010
- 김영우 지음, 『빙의는 없다』, 전나무숲, 2012
- 김형국 지음, 『그 사람 장욱진』, 김영사, 1993
- 노자 지음, 오강남 풀이, 『도덕경』, 현암사, 2015
- 닐 도널드 월쉬 지음, 조경숙 옮김, 『신과 나눈 이야기』(1, 2, 3), 아름드리미디어, 1999
- 닐 도널드 월쉬 지음, 황하 옮김, 『신이 말해 준 것』, 연금술사, 2015
- 댄 헐리 지음, 류시화 옮김, 『60초 소설』, 웅진닷컴, 2000
- 디팩 초프라 지음, 이균형 옮김, 『사람은 늙지 않는다』, 정신세계사, 1994
- 론다 번 지음, 김우열 옮김, 『시크릿』, 살림출판사, 2007
- 리그파 지음, 『네빌링』, 서른세개의계단, 2012
- 마이클 A. 싱어 지음, 이균형 옮김, 『상처받지 않는 영혼』, 라이팅하우스, 2014
- 마틴 보로슨 지음, 이균형 옮김, 『1분 명상법』, 정신세계사, 2015
- 마하트마 간디 지음, 함석헌 옮김, 『간디 자서전』, 한길사, 2006
- 베어드 T. 스폴딩 지음, 정창영 옮김, 『초인생활』, 정신세계사, 1992
- 베어 하트 지음, 형선호 옮김, 『인생과 자연을 바라보는 인디언의 지혜』, 황금가지, 1999
- 슈리 크리슈나 빅슈 지음, 김병채 옮김, 『슈리 라마나 릴라』, 슈리크리슈나다스아쉬람, 2010

- 신영복 지음, 『담론』, 돌베개, 2015
- 에크낫 이스워런 지음, 박웅희 옮김, 『마음의 속도를 늦추어라』, 바움, 2010
- 오쇼 라즈니쉬 지음, 설태수 옮김, 『에브리데이』, 고요아침, 2005
- 오쇼 라즈니쉬 지음, 손민규 옮김, 『기적을 찾아서』(1, 2), 계몽사, 1997
- 오쇼 라즈니쉬 지음, 이경옥 옮김, 『42장경』(1, 2), 정신세계사, 2009
- 이균형 지음, 『우주의 홀로그래피』, 정신세계사, 2015
- 이차크 벤토프 지음, 류시화·이상무 옮김, 『우주심과 정신물리학』, 정신세계사, 1987
- 이현주 지음, 『그러니까, 무슨 말이냐 하면』, 나무심는사람, 2001
- 이현주 지음, 『물物과 나눈 이야기』, 이레, 2001
- 이현주 지음, 『오늘 하루』, 삼인, 2008
- 장석주 지음, 『단순한 것이 아름답다』, 문학세계사, 2016
- 장자 지음, 오강남 풀이, 『장자』, 현암사, 1999
- 정원 지음, 『묻지 않는 자에게 해답을 던지지 말라』, 영성의숲, 2009
- 존 쉴림 지음, 김진숙 옮김, 『천국에서 보낸 5년』, 웅진씽크빅, 2015
- 클레멘스 쿠비 지음, 송명희 옮김, 『다음 차원으로의 여행』, 열음사, 2008
- 틱낫한 지음, 김동섭 옮김, 『틱낫한의 평화』, 인빅투스, 2015
- 틱낫한·달라이라마 외 지음, 진우기·신진욱 옮김, 『이 세상은 나의 사랑이며 또한 나다』, 양문, 2000
- 허허당 지음, 『당신이 좋아요 있는 그대로』, RHK 두앤비컨텐츠, 2015

- 헨리 데이비드 소로 지음, 한기찬 옮김, 『월든』, 소담출판사, 2010
- 후쿠오카 마사노부 지음, 최성현 옮김, 『짚 한오라기의 혁명』, 녹색평론사, 2011
- A. R. 나따라잔 지음, 김병채 옮김, 『그대 자신을 아십시오』, 슈리크리슈나다스아쉬람, 2018
- E. F. 슈마허 외 지음, 골디언 밴던브뤼크 엮음, 이덕임 옮김, 『자발적 가난』, 그물코, 2003